ALPHAPOLIS
WEB CITY SINCE 2000

不遇職とバカにされましたが、実際はそれほど悪くありません？ 3

A L P H A L I G H T

カタナヅキ
KATANADUKI

JN095739

アルファライト文庫

Suramin
スラミン
可愛いだけが
取り柄《え》のスライム。
ふるふる震《ふる》えること
くらいしかできない。
Tina
ティナ
森人族《エルフ》の王女様。
可愛《かわい》いもふもふに目がない。
Reito
レイト
異世界転生し、
王家の跡《あと》取《と》りとして
生を受けた青年。
生まれ持った職業が
「不遇職」だったために
追放されてしまう。
Kotomin
コトミン
人魚族の美少女。
変わり者だが、
レイトにとっては
大切な友達。
Ullr
ウル
レイトの相棒《あいぼう》である
「白狼種《はくろうしゅ》」。甘えん坊。

Main Character
主な登場人物
Maria
マリア
冒険者ギルド「氷雨《ひさめ》」の
ギルドマスター。
狙《ねら》った獲物《えもの》は
逃さない。
Raikofu
ライコフ
生まれは立派だが、
いろいろ残念な
森人《エルフ》族の青年。
根に持つタイプ。

1

バルトロス王国の陰《かげ》で暗躍《あんやく》していた、旧帝国《エンパイア》最強の魔物使い・吸血鬼《ヴァンパイア》ゲイン。その強敵を、不遇職のレイトが倒してから一か月経《た》った。

あれから冒険者ランクが上がったレイトは、穏《おだ》やかな日常を送っている。

ちょっとした環境《かんきょう》の変化があった。

これまで寝泊まりしていた冒険者ギルドの宿舎《しゅくしゃ》を離《はな》れ、一軒家で暮《く》らすようになったのだ。ランクが上がって報酬《ほうしゅう》の多い依頼を受けられるので、月々銀貨一枚くらいなら家賃が払えるようになったのである。

たしかに高いが、建物の広さを考えれば良心的とも言える家賃だった。

とはいえ長く人が住んでいなかったので、建物の老朽化《ろうきゅうか》は激《はげ》しい。家の中を歩くだけで、床が抜けるような有様《ありさま》だった。

ちなみに今は、レイトの錬金術師《れんきんじゅつし》の力などで修復《しゅうふく》したので住めるようになっている。

「ふああっ……朝か」

レイトの朝は、朝食を用意することから始まる。

お金を節約するため自炊《じすい》しているのだ。ウルは肉を中心とした料理、レイトは好き嫌いがないので余り物などを適当に食べる。

「今日は久しぶりに魚でも焼くかな。この前、市場で買ってきたし。あ、そうだ！　そろそろ庭のオレンの実が熟したかも」

そう言うとレイトは、庭に視線を向ける。庭には、オレンジのような実をつけた、オレンの木があった。

レイトは家から出てオレンの木に向かい、その途中で白狼種《はくろうしゅ》のウルに声をかける。

「ウル、おはよう」

「……クォオッ‼」

犬小屋で眠《ねむ》っていたウルは目を覚《さ》まして大きな欠伸《あくび》をしたものの、そのまますぐに眠ってしまった。

レイトはウルの頭を軽くなでると、彼を寝かしたまま、庭のオレンの実を採《と》って厨房《ちゅうぼう》に向かっていった。

その後、ウルはすぐに起きてくれ、レイトとウルはあっという間に食事を終えた。

食後は日課として、冒険者ギルドで依頼を受けることにしている。基本的には一日に一度、依頼を受けていた。

だが、今日は冒険者ギルドには行かずに、ファス村にやって来た。

ファス村は、レイトがバルトロス王国の王女ナオと初めて会った廃村《はいそん》だ。ゴブリンの群《む》れに襲《おそ》われて以来、誰も住んでいない。

依頼をこなさないときは、レイトはこのファス村の復興《ふっこう》作業をしていた。

というのも、彼はナオにこの村の住民だと偽《いつわ》っており、たった一人の生き残りとして復興作業をすることになっているのだ。ちなみに、そうするように助言したのは、この世界の管理者であるアイリスだ。

レイトはアイリスに交信し、愚痴《ぐち》るように告《つ》げる。

『なんで、誰も住んでないのに、こんなことしてるんだろう』

『まあまあ、そう言わずに頑張《がんば》ってくださいよ。今日は村の周囲からやっちゃいましょうか。レイトさんの能力なら、魔物が入ってこないようにすることも簡単じゃないですか』

『そりゃ、そうだけどさ……』

ファス村を復興させることで、後々レイトに大きな益《えき》が生まれるらしい。アイリスからそう説得されたレイトは、半信半疑《はんしんはんぎ》ながらも地道に作業を進めていく。

ひとまず彼は「土塊《どかい》」の魔法を使い、大きな堀《ほり》と土壁《つちかべ》を村の周囲に生み出した。

続けて、村の建物に取りかかることにしたが、建物はそれほど被害を受けていなかったので、損傷《そんしょう》の激しい家畜《かちく》小屋を修繕《しゅうぜん》していく。

スキルだけで修理《しゅうり》できない細かいところは、木材を切って大工のようなことをする。作業をしつつ、彼はふと浮かんだ疑問を口にする。

「……これ、絶対に冒険者の仕事じゃないよな」

『そうですね。だけどあとで絶対に役立ちますから、頑張ってください』

「はあ、分かったよ」

アイリスの返答にため息をつきつつ、作業に精《せい》を出すレイト。

ちなみに、ウルも手伝ってくれている。彼は魔物がファス村に近づかないようにと周囲を見張りながら、食用の魔物まで狩《か》ってくれているのだ。

魔物が現れたとき、ウル単独でいけそうなら彼だけで討伐《とうばつ》する。もしものときはレイトを呼ぶことになっていたが、ウルが手に負《お》えない魔物なんて滅多《めった》にいない。

家畜小屋の修復が一段落したところで、レイトは呟《つぶや》く。

「ふうっ、小屋はこれくらいでいいだろ。あとは、荒《あ》らされた畑をどうするかだな」

『農作物は全部、ゴブリンに奪《うば》われましたからね。それに、地面の栄養もだいぶなくなっています。サンドワームを捕《つか》まえて飼育《しいく》するのはどうですか？』

「サンドワームか……ナオ姫が立ち寄れなくなりそうだな」

アイリスの言う通り巨大ミミズのサンドワームを放てば、土は耕《たがや》されて蘇《よみがえ》るだろう。しかしそうなれば、魔物嫌いのナオ姫が村に近づけなくなってしまう。

そんな心配をしつつ、復興作業に勤《いそ》しんでいると――


「ウォオオンッ‼」


突然、ウルの鳴き声が聞こえてきた。

レイトは作業を中断し、急いでウルのもとに向かう。

ウルは村の出入り口にいて、村の外を睨《にら》みつけるように見ていた。

「どうした？」

「クゥ〜ンッ……」

ウルに合わせて、レイトも視線を移す。

村に近づいてきていたのは、馬車の一団だった。商団なのだろうか、複数の馬車がすごい勢いで飛ばしている。

「なんだ？」

「ウォンッ‼」

あきらかに様子がおかしい、そう思ったレイトは「遠視《えんし》」と「観察眼《かんさつがん》」のスキルを発動させて、馬車の様子を探《さぐ》る。

彼の視界に映ったのは、予想外の光景だった。

「なんだありゃ⁉」

馬車の後ろにマンモスのような巨大魔獣がいて、馬車を追いかけていた。

このままでは馬車が危《あぶ》ない。それに、せっかく直した村まで壊《こわ》されてしまう——レイトは慌《あわ》てて交信する。

『アイリス、どういう状況だあれ⁉』

『やっと来ましたね、レイトさん、なんとしても馬車の人達を助けてください‼』

『はあっ⁉』

どうやらアイリスは、この事態を予測済みだったらしい。レイトは、アイリスからの突然のお願いに戸惑《とまど》いながらも従《したが》うことにした。

レイトは両手を地面に添《そ》え、補助魔法の「魔力強化」を発動。続いて、「土塊」を発動する準備に入る。

直後、先頭を走る馬車が勢いよく村に入ってくる。

馬車から声が上がる。

「お、おい、何をしている⁉　早く逃げろっ‼」

「死んじゃうよ～⁉」

レイトは、馬車から聞こえる叫び声を無視して、その体勢のまま彼らに指示する。

「いいから早く入って‼」

すべての馬車が村に入ったのを見届けると、レイトは迫《せま》りくるマンモスのような魔獣に視線を向けた。

そして、一気に魔法を発動させる。

「『土塊』‼」

「パォオオオオオオオオッ⁉」

魔獣は、レイトが作り出した大きな穴の中に沈《しず》んでいった。巨体ということもあり、ものすごい勢いで沈んでいく。

ほぼ一瞬にして、身体《からだ》の半分が大地に呑《の》み込まれた。

ところが、地面に埋《う》もれた状態でも、魔獣は止まらない。土砂をはね上げながら、突進してくる。

「バオオオオオッ‼」

「嘘《うそ》っ⁉」

レイトは戸惑いつつ、魔獣に向けて両手をかざして魔法を発動させる。

「それなら、『氷刃弾《ひょうじんだん》』‼　『火炎弾《かえんだん》』‼」

「だめだ、そいつに魔法は……」

レイトの背後で、馬車に乗っていた何者かが声を上げたが、それを遮《さえぎ》るように氷の刃と

火炎の砲弾が轟音《ごうおん》を立てて放たれる。

しかし、魔法が魔獣に衝突《しょうとつ》した瞬間――それらは霧散《むさん》してしまった。

魔獣は何事もなかったかのように、地面を掻《か》き分けて前進しようとしている。呆然《ぼうぜん》とするレイトに、アイリスが助言してくる。

『そいつはマモウと呼ばれる魔獣です。獣人《ビースト》族の領土にしか生息していないはずなのですが……それはともかく、マモウの毛皮には魔法の類《たぐい》は効果が薄いんですよ！』

『は!? そんなこと言われてもどうしろと!?』

『マモウの弱点は眉間《みけん》です。眉間が一番毛皮が薄くて攻撃が通りやすいんです』

『なるほど。いつも適切なアドバイスをありがとう』

『いえいえ』

アイリスと交信を終えたレイトは、背中の大剣――退魔刀《たいまとう》を引き抜く。

そして「重力剣《じゅうりょくけん》」を発動させ、刀身に紅色の魔力を迸《はし》らせた。さらに、補助魔法の「筋力強化」を発動して身体能力を上昇させると、そのまま一気に駆《か》け出す。

「はあっ‼」

「ウォンッ‼」

「跳躍《ちょうやく》」のスキルを発動して飛び出したレイトに、ウルが続く。

地面から抜け出そうとするマモウに、突撃するレイトとウル。レイトはマモウの額《ひたい》に大剣の切っ先を向けつつ、ウルに声をかける。

「ウル‼」

ウルの牙がマモウの額に傷をつけた。

「ガアアッ‼」

「パオオッ⁉」

それが目印《めじるし》となり、レイトは迷《まよ》わずに大剣を向ける。そして「刺突《しとつ》」と「撃剣《げきけん》」を組み合わせた、最近覚えた新《あら》たな複合戦技《ふくごうせんぎ》を発動させる。

「『刺衝突《ししょうとつ》』っ‼」

「パギャアアアアアッ⁉」

マモウの額に大剣が突き刺さった。大剣は毛皮を貫通し、頭部に深く刺さっていく。きっとマモウの脳にまで達しているだろう。

「お、おおっ……‼」

「すご〜いっ⁉」

その光景を見ていた馬車の中にいる者達から歓声が上がる。

レイトは、マモウが動かなくなっているのを確認して大剣を引き抜く。そして安堵《あんど》の息を吐くと、大剣を背中に戻した。

ウルがレイトに駆け寄ってくる。

「ウォンッ‼」

「よしよし、よくやったぞ」

「ペロペロ」

「うぷぷ、顔を舐《な》めるな」

ウルを褒《ほ》めてやり、レイトは仕留《しと》めたマモウに視線を向ける。そして、あとでマモウを解体しようと考えつつ振り返ると――

馬車の中にいた者達がレイトに駆け寄ってくる。

「き、君、大丈夫か？」

「よ、よく、こんな化け物を……」

「すっごく格好良かったよ～」

彼らは、金髪と尖《とが》った耳が特徴《とくちょう》の森人族《エルフ》だった。

森人族《エルフ》達は口々にレイトを称《たた》えるが、一人だけ警戒《けいかい》を解《と》かず、腰の武器に手を伸《の》ばしてレイトを睨みつける青年がいた。

青年がレイトに向かって告げる。

「助けてくれたことには礼を言う。だが、なぜ人間が白狼種を従えている？　お前、魔物使いなのか？」

「え？　いや、この子は俺の家族です」

「ウォンッ‼」

レイトとウルが返答すると、青年はさらに表情を歪《ゆが》めた。

緊迫《きんぱく》した空気が流れたその瞬間、レイトと同世代くらいの森人族《エルフ》の女の子が駆けてきて、勢いよくウルに飛びつく。

「うわ～、すごく可愛《かわい》いね～」

女の子はそのままウルを抱《だ》き寄せ、その毛並みをなで回している。そして、年齢のわりに豊かな胸に、ウルの顔を押し当てた。

「よしよし……」

「フガフガッ……⁉」

大きな胸に押し潰《つぶ》され、苦しそうにするウル。

レイトは、女の子に向かって申し訳なさそうに言う。

「あ、あの、うちの子が困ってるんですけど……」

すると、周囲の森人族《エルフ》達も慌て出した。

「ひ、姫様‼　そのような汚《けが》らわしい魔獣に触《ふ》れてはなりません‼」

「え～、大丈夫だよ？」

「……姫？」

レイトが聞こえてきた「姫」という言葉に首を傾《かし》げていると、先ほどレイトに因縁《いんねん》をつけてきた青年が声を荒《あら》らげる。

「おい、人間よ‼　いつまで姫様の前で突っ立っている‼　早く跪《ひざまず》け‼」

「跪《ひざまず》けって」

レイトと青年の間に再び緊張《きんちょう》が走る。

一方、姫と呼ばれた少女は、ウルを愛《め》でるのに夢中になっていた。

「本当に可愛いな〜。この子欲しい」

「ウォンッ……」

「あ、あの、うちの子が困ってるんですけど……」

レイトがさっき言ったばかりの台詞《せりふ》を少女に向かって口にすると、森人《エルフ》族の青年がさらにキレ出した。

「おい、聞こえなかったのか‼　姫様に早く跪《ひざまず》けと言っているんだ‼」

周囲にいた年長の森人《エルフ》族達が、青年を止めにかかる。

「まあまあ、落ち着いてください、ライコフ様。彼は、我々の命の恩人なんですから」

周りが慌ただしくなったことで、少女も異変に気づいたらしい。ようやくウルを解放した。

そして、レイトに向かって頭を下げる。

「あ、ごめんね‼　私、可愛い生き物を見るとどうしても暴走《ぼうそう》しちゃって……さっきは助けてくれてありがとう‼」

「はあ……」

「クゥ～ンッ」

ぐったりした様子のウルが、レイトのもとにのろのろとやって来る。

ほかの森人族《エルフ》達も少女に合わせて、レイトに頭を下げた。

「助かりました、人間の方よ。あなたのおかげです。我々はともかく、姫様の命をお助けいただき、ありがとうございます」

レイトは困惑しつつも、疑問に思ったことを尋《たず》ねる。

「でも、いったい何があったんですか？」

「それは……」

困惑して口ごもる森人族《エルフ》を遮り、ライコフが怒鳴《どな》る。

「ちっ、いい加減に立場をわきまえろ、人間がっ‼　我々はヨツバ王国の使者だぞ‼」

「……ヨツバ王国？」

急に怒鳴られたことはさておき、「ヨツバ王国」というのは、レイトが初めて耳にする国名だった。さっそく彼はアイリスに確認する。

『ヨツバ王国はアトラス大森林の中にある国で、森人族《エルフ》の国家として認識されています。このバルトロス王国から相当離れた所にありますね。彼の言う通り、彼らはヨツバ王国から派遣《はけん》された使者で、女の子はお姫様で間違いありません。王都に行く前に冒険都市ルノに立ち寄り、間もなく開催《かいさい》される予定の狩猟祭《しゅりょうさい》に参加しようとしていたみたいですね』

とにかく彼らが使者で、目の前の少女が姫というのはたしからしい。

ちなみに狩猟祭というのは、冒険都市で行われる魔物狩りの祭典《さいてん》で、冒険者達がその腕を競《きそ》い合うイベントである。

ライコフの言いなりになるのは癪《しゃく》に障《さわ》るものの、姫に対して礼儀《れいぎ》を見せるため、レイトが跪《ひざまず》こうとしたところ――

少女がレイトに急接近してくる。

「ねえねえ、もしかして人間の魔物使いさんなの？　私、こんなに綺麗《きれい》な毛並みの狼《おおかみ》、初めて見たよ～。大切に育ててるんだね‼」

「うわっ……」

「ひ、姫様、いけません‼　そのような汚れた男に触れるなど……」

驚《おどろ》くライコフを無視して少女は、レイトの腕に抱きついた。レイトはあまり女の子と関わったことがないので動揺《どうよう》してしまう。

慌てたライコフが二人を引き剥《は》がそうとするが、ウルが前にいて近づけない。

「邪魔《じゃま》だ‼　狼がっ‼」

ライコフがそう怒鳴ってウルの頭を叩いた瞬間、ウルは反射的に牙を剥《む》く。

「ウォンッ‼」

「うわっ⁉」

怯《おび》えた表情を浮かべ、尻もちをつくライコフ。

周囲の森人族《エルフ》がライコフのもとに駆け寄るが、恥《はじ》をかかされたことで頭に血が上ったライコフは、寄ってきた森人族《エルフ》達を突き飛ばす。

ライコフはイライラしたまま立ち上がり、腰に差していた剣を引き抜く。

「この魔獣がっ‼」

「あ、だめっ⁉」

ウルを庇《かば》うようにその間に入ったのは、少女だった。

「ウォンッ⁉」

「姫様⁉」

森人族《エルフ》は悲鳴を上げ、ライコフも下ろした剣を止めようとしたが――その前に、レイトがライコフの腹に蹴《け》りを放つ。

「おらぁっ‼」

「がふぅっ⁉」

ライコフが派手《はで》に吹っ飛ばされていく。

「ラ、ライコフ様ぁっ⁉」

森人《エルフ》族達が右往左往《うおうさおう》しながら、ライコフのもとに駆け寄る。

ライコフは、腹を押さえたまま地面に横たわっていた。少女はその光景を見て、何が起きたのか理解できずにポカンとしている。

ウルは少女のもとを離れ、レイトの所へ移動する。

「クゥ～ンッ」

「よしよし……頭を叩かれて痛かったんだな」

レイトがウルの頭をなでていると、ライコフが剣を支えにして立ち上がり、怒声《どせい》を上げる。

「き、貴様……よくもこの僕に手を出したな‼　殺してやる‼」

「落ち着いてください、ライコフ様」

「そうです、それに、さっきあなたの剣をあの少年が止めなければ、姫様は傷を負っていたかもしれません。あなたは、自分の婚約者《こんやくしゃ》を傷つけていたのかもしれないんですぞ」

「黙《だま》れ！　汚らわしい人間ごときがっ‼　この僕に歯向かったんだぞ‼　殺してやる‼」

周囲の森人《エルフ》族達の制止も聞かず、興奮《こうふん》したライコフが、剣を振り上げようとすると——

「もうやめてっ‼」

少女は我慢《がまん》できずに声を上げた。

そうして彼女は前に出ると、ライコフに対して威厳《いげん》を持って告げる。

「今のはライコフ君が悪いよ‼　だからこの人にちゃんと謝《あやま》って‼　これは命令だよ⁉」

「うぐっ⁉」

さらに、周囲の森人《エルフ》族達も続く。

「ライコフ様‼　姫様のお言葉に逆《さか》らう気ですか？」

「く、くそぉっ……‼」

ライコフは剣を手放したものの、憎々《にくにく》しげにレイトを睨みつける。しかし、ほかの森人《エルフ》族に促《うなが》され、屈辱《くつじょく》の表情を浮かべながら頭を下げた。

少女がレイトに頭を下げる。

「ごめんなさい‼　ライコフ君が乱暴なことしちゃって」

「いや、別にそこまで謝らなくても……ウルも許してあげるよね？」

「ウォンッ‼」

「本当にごめんね。あ、そういえば自己紹介がまだだったよね？　私はティナだよ‼」

少女はそう言うと、にっこりと笑《え》みを浮かべた。

ライコフはその間中、レイトを睨み続けていたが、レイトはそれを気にすることなく、ティナに話しかける。

「ティナ王女様さん」

「えっ⁉　ふ、普通に、ティナでいいよ？」

「じゃあ、王女様ということで……それで、王女様はどうしてここに？」

レイトがそう尋ねると、森人族《エルフ》の男が割って入ってくる。

「それは、私が説明しましょう。実は我々は――」

彼から、森人族《エルフ》の王族がこの場にいる経緯《けいい》を簡単に説明される。それは、先ほどアイリスが教えてくれたことそのままで、冒険都市ルノに向かう途中でマモウに襲撃《しゅうげき》されたとのことだった。

説明を聞いている間、レイトはふと彼らの馬車に視線を向ける。馬車には、森人族《エルフ》の象徴《しょうちょう》である大樹《たいじゅ》の紋様《もんよう》が刻《きざ》まれていた。大量の木箱が積《つ》まれていたが、どうやらそれらはバルトロス王国への贈《おく》り物らしい。

森人族《エルフ》の男が説明を終えると、彼がティナに向かって言う。

「姫様、そろそろ冒険都市に向かいましょう。狩猟祭の開催日までは大人《おとな》しくするという約束ですぞ」

「う、うん……じゃあね、ワンちゃん」

「ウォンッ‼」

「ワンちゃんは嫌なようなので、ウルと呼んでください」

レイトがウルの気持ちを代弁してあげると、ティナは申し訳なさそうにする。

「そうなの？　ごめんね、ウルちゃん……また会えるかな？」

「俺もウルも冒険者ギルドの『黒虎《くろとら》』に所属しています。ウルに会いたくなったら、ギルドに訪ねてきてください」

「本当に⁉　約束だよ、絶対に遊びに行くからね‼」

ティナはそう言うと、笑みを浮かべた。

その後、ティナはほかの森人族《エルフ》とともに馬車に乗って去っていった。ティナは何度も手を振っていたが、ライコフは最後までレイトを睨みつけていた。


その後、レイトはマモウの死骸《しがい》と向き合う。

久しぶりに彼は、素材回収を行うことにした。

「さすがにこれだけ大きいと、全部の素材は剥ぎ取って持ち帰れないよな。だけど、毛皮は何かに使えそうだからな。ウルも手伝ってよ」

「ウォンッ‼」

巨体のマモウを、彼らだけで運《はこ》び出すのは不可能だ。ひとまず欲しい分だけ回収し、残りは冒険者ギルドに託《たく》すことにした。

レイトはマモウの肉を手に取って呟く。

「こいつは食べられそうだな。まさか、マンモスの肉が食べられる日が来るとは思わなかったよ。まあ、マンモスじゃないけどね。余分に切り取った分は、ほかの村にも送ろうかな」

「ウォンッ‼」

「それにしても、なんでマモウがこの地方に来たんだろう。獣人族《ビースト》の領土にしか生息していないのなら、誰かが連《つ》れきたのかな」

レイトがそう呟くと、アイリスが反応する。

『マモウは、さっきの人達を襲うために仕掛けられたんですよ。レイトさんのおかげで、彼らは助かりましたけど、本当だったら全員殺されていましたね』

『はあっ⁉』

アイリスが物騒《ぶっそう》なことを言うので、レイトは驚いてしまう。

レイトは改めて尋ねる。

『どうして、ティナ達は襲われたの？』

『跡目争《あとめあらそ》い、というやつですよ。あの王女、国王の三人目の娘で、王位継承《けいしょう》を狙《ねら》う一番上の姉に目をつけられているんです。その姉が雇《やと》った魔物使いが、マモウを仕掛けたんです。ティナ姫が使者としてバルトロス王国を訪れたタイミングを狙って、ですね。森人族《エルフ》の王女がバルトロス王国内で死亡すれば、バルトロス王国もなんらかの責任を取らないといけなくなり……一石二鳥《いっせきにちょう》というやつですからね』

『ひどい……だけど、よくこんな大きな魔獣をよこしたな』

『狩猟祭のために用意した魔獣として、国境を越《こ》えさせたんでしょうね。まあ、魔物使いも苦労して連れ込んだマモウをあっさり殺されたわけですから、涙目《なみだめ》でしょう』

『涙目って……ところで、あのお姫様、そのまま帰しちゃったけど大丈夫なのかな？』

『大丈夫ですよ。付き添いの方々はああ見えて腕利《うでき》きですからね。普通の襲撃者なら簡単に追い払えます。それに都市に着いたら、彼女の護衛《ごえい》として冒険者ギルド「牙竜《がりゅう》」の冒険者も加わるそうですから』

『牙竜って、ゴンちゃんの所属しているギルドか』

ゴンちゃんとは、巨人《ジャイアント》族の戦士ゴンゾウのことで、レイトの作った料理を彼が勝手に食べてしまったのをきっかけに仲良くなった友達だ。いつの間にか、レイトは彼のことを「ゴンちゃん」とあだ名で呼ぶようになっていた。

そうこうしているうちに、マモウの素材の剥ぎ取りが終わった。

レイトは村の中に置いておいた荷車にマモウの素材を詰《つ》め込み、収納魔法で回収できる限界の量まで肉を収めた。

「よし、これだけあれば十分だろ……市場に寄って売れば、高く買い取ってくれるかもしれないな」

「クゥ～ンッ……」

「お前の分もちゃんと用意してあるよ。さあ、戻るぞ」

「ウォンッ‼」

ウルは上機嫌になって、狼専用の荷車、狼車《ろうしゃ》を引いて冒険都市に向かった。

冒険者ギルドに戻ってきたレイトは、マモウを倒したことを報告する。それからその場にいた冒険者達に、マモウの死体を残してきた場所を伝え、市場に向かった。

マモウの素材は、すべては売らなかった。毛皮だけ残しておき、「裁縫《さいほう》」の技能スキルで毛皮のマントを作った。マモウの毛皮は魔法に耐性を持つと聞いたので、装備《そうび》することにしたのだ。

ただし、今は夏を迎《むか》えようとしている時期だから、毛皮は暑苦しい。レイトは都市の外に出るときだけ、それを装備することに決めたのだった。

◆◆◆

「昨日も行ったのに、なんで今日もファス村に行かなきゃいけないんだよ……お家《うち》に帰りたいよぉっ」

『久々の幼児退行《たいこう》ですね。文句言わずに向かってくださいよ。間に合わなくなっても知らんぞうっ‼』

「何その口調《くちょう》、まさかべ〇ータ!?　……分かったよ」

「ウォンッ?」

冒険都市ルノを出てファス村に向かいながら、ウルは独《ひと》り言《ごと》を言うレイトに首を傾げていた。

すぐにファス村に到着する。

狼車には、大量の木材が載《の》せてあった。今日は、さらに本格的に村の復興作業をするつもりなのだ。

「よし、さっそく始めるか……『兜割《かぶとわ》り』」

『木を切るだけなのに、戦技を使わないでください。無駄に体力を消費しますよ』

「面倒だな……『氷装剣《ひょうそうけん》』」

レイトは「氷塊《ひょうかい》」の魔法で氷のノコギリを生み出し、材料を切っていった。

彼が作ろうとしているのは、水車小屋である。村のそばを流れる川を利用して、水車を設置する予定なのだ。

通常、水車を作るには相当な日数を必要とするが、レイトならそれほど時間がかからない。

レイトはアイリスの助言に従いながら、せっせと水車小屋を作っていった。

作業を始めてから半日経つ頃には、立派な小屋が建《た》った。

仕上げに、魔物に襲われないよう、魔物の嫌いな匂いを発する腐敗石《ふはいせき》と、魔物を弾《はじ》く結界を張る結界石を設置する。

「おおっ、ちゃんと動いてる‼」

『頑張りましたね。これであとは、畑をなんとかすればここで生活できますよ！』

「畑か……でも、あの土じゃ作物は育たないんだったよな……となると、やっぱりサンドワームを捕獲《ほかく》しないと」

『まあ、いたほうがいいでしょうね』

そんなわけで、レイトがサンドワームを探していると、突如《とつじょ》として彼の背後の川から水《みず》飛沫《しぶき》が上がる。

「うわっ⁉　なんだ⁉」

「キャウンッ⁉」

水中で爆弾が爆発したかのように、突然大きな水柱が立ち上り、レイトとウルに大量の水が降り注ぐ。

そして、水中から飛び出した何かが地面に降り立った。

「……着地っ」

それは、レイトにとってどこか見覚えのある、青色の髪の毛が特徴的な――

「あれ、もしかして……コトミン？」

「ぷるぷるっ……レイト？」

レイトがひと月ほど前に出会った謎《なぞ》の少女、コトミンだった。コトミンは犬がやるように、身体を震《ふる》わせて水を飛ばしている。

「ふうっ、朝の運動は終わり」

「運動って。どんな勢いで泳いでんだよ！　おかげでずぶ濡《ぬ》れだよ！」

「人魚族にとっては、これくらいは普通」

「クゥ〜ンッ」

するど突然、ウルがレイトの背中を前足で叩く。レイトがウルの顔を見ると、ウルはなぜか悲しそうな目をしていた。

「ん？　どうしたウル……」

ウルに合わせて、レイトは視線を上げる。彼の目に映ったのは、無惨《むざん》にも砕《くだ》け散《ち》った水車だった。

「あああああああっ!?」

膝《ひざ》から崩《くず》れ落ちるレイト。

その声に驚いたコトミンは、瞬時に状況を悟《さと》る。彼女はしばらくレイトに無表情な顔を向け、それから何事もなかったように去ろうとする。

「……じゃあ、私は用事があるから」

「おい、待てや、嬢《じょう》ちゃんっ‼」

レイトは相手が女の子だろうとお構いなしにその肩をつかむ。

「あうっ」

お人好《ひとよ》しのレイトといえど、半日もかけて建てた水車小屋を破壊《はかい》した犯人を逃すはずもない。彼は怒りを込めてコトミンの肩を揺《ゆ》する。

「このやろ～！　俺がどれだけ苦労してこの水車小屋を作ったと思うんだ！　責任取れ！」

「あわわっ！　落ち着いて！　綺麗な川の水を飲めば落ち着くかも？」

「いや、君のせいで、今さっき川の水が大量に口に入ったばかりなんですけど⁉」

レイトが怒りのままにコトミンを責《せ》めていると、ウルが彼の顔を舐めてきた。

「クゥ～ンッ」

それで少し冷静になったレイトはため息をつき、ゆっくりとコトミンを解放する。しかし、逃さないようその腕をつかんでいた。

レイトは恨《うら》みがましく言う。

「ああっ、俺の半日の成果が……さすがにこれだけ粉々《こなごな》だと修復も難《むずか》しい」

「ごめんなさい。久しぶりに思いっきり泳いでいたから、調子に乗ってた」

「まったくもう。そういえばさっきさ、人魚族って言ってなかった？」

レイトはコトミンとの会話を思い出して尋ねる。改めて考えてみると、水柱を生じさせるほど激しく水中を移動できる人間などいるはずもない。

すると、コトミンは自慢げに言い放つ。

「その通り、私は人間じゃない！」

「石仮面《いしかめん》でも被《かぶ》ったのか!?」

「言っていることはよく分からないけど、たぶん違う。改めて紹介する。私の名前は、人魚族のコトミン」

「え、スラミン？」

「違う！　というか、聞き間違えたとしてもその名前はおかしい！」

コトミンという名前は初めて会ったときにも教えてもらっていたが、種族が人魚族というのは初耳だった。コトミンは変わった格好はしているが、ただの人間にしか見えないのだ。

レイトは首を傾げながら尋ねる。

「人魚族ね……だけど、君はどう見ても人間にしか見えないね。ヒレも見当たらないないし……」

「むうっ。そんなことはない」

レイトは否定するコトミンに構わず、さらに質問を重《かさ》ねる。

「人魚の証拠《しょうこ》はあるの？　実は人魚だと思い込んでいるスライムじゃないの？　ぷるぷるって鳴いてごらん？」

「なんでそんなにスライムにこだわるの……ぷるぷるっ、私はれっきとした人魚族、証拠はこの脚」

「脚って……」

ノリよくスライムの鳴き真似《まね》をしてくれたコトミンが、自分の両脚を見せつけてくる。

しかし、レイトの目には普通の人間の脚にしか見えなかった。

彼は、試《ため》しに「観察眼」のスキルを発動する。それで改めてコトミンの脚を見てみると、その表面に透明《とうめい》な紋様のようなものがついているのに気づいた。

「あれ、これってもしかして鱗《うろこ》？」

「そう、人魚族の証拠。人間にはついていない」

「いや、まだ、魚の獣人族《ビースト》の可能性が……」

「それはないと思う」

レイトの言葉に、冷静にツッコんでくるコトミン。

レイトはため息をつくと、会話の流れを切ってコトミンを責めるように言う。

「とりあえず、君には壊した水車の修理を手伝ってもらう。拒否権《きょひけん》はないっ‼」

「あうっ、力仕事は苦手《にがて》」

「言い訳は聞かないっ‼　こっちの半日の努力を文字通りに水の泡《あわ》にしたのは君が悪い。許さないからなっ‼」

「クゥ〜ンッ……」

ウルも、川の中に沈む壊れた水車に視線を向け、悲しそうな顔をした。

水車は、修復不可能なほどに派手に壊されていた。幸いだったのは、破壊されたのは水車の部分だけで小屋は無事だったことだ。

「ううっ……それを言われると逆らえない」

申し訳なさそうにするコトミンに、レイトは表情を和《やわ》らげて言う。

「でも、さすがに今日はもう遅《おそ》いからな、帰っていいよ。でも、明日の朝には来るように！」

「いいの？　私が逃げるとは思わないの？」

「大丈夫。逃げたとしても、釣《つ》りの腕には自信があるから。必ず捕まえて焼き魚にする」

「焼く？　怖《こわ》いっ……分かった」

ちなみにレイトは、コトミンが逃走しても、アイリスに尋ねて居場所を特定することができる。実際にそれをやるかどうかは別として、レイトは今日のところは彼女を家に帰すことにした。

「じゃあ、俺も帰るよ。明日の朝にこの場所に集合ね」

「分かった」

「約束だよ。ほら、指切り」

「んっ」

お互いに小指を絡《から》ませ、約束する。

コトミンはそのまま水中に戻っていった。レイトはコトミンの後ろ姿を見て、改めて不思議な気持ちになった。彼女が人魚族であると判明したが、川の中に消える姿を見るとやはり違和感《いわかん》がある。どこか、ホラー映画でも見ているような気分だった。

「俺達も戻るか」

「ウォンッ‼」

それからレイトは冒険都市へ帰った。

ファス村に滞在《たいざい》することも考えたが、せっかく借りた広い家で休みたいという気持ちが勝ったのだった。

◆　◆　◆

翌日、レイトは目を覚ますと、すぐにファス村の水車小屋の前にやって来る。

コトミンの姿はなかった。逃げた可能性はあるが、別れる前に指切りをしたときの彼女の素直そうな表情を思い出したレイトは、そのまま待つことにした。

「コトミンはまだか……もし逃げてたら、今日は人魚の刺身だな」

「ウォンッ‼」

「……よく分かんないけど、何か怖いことを言っている」

するとと川の中から声がして、レイトとウルは振り返る。

そこにいたのは、眠たそうな顔をしたコトミンだった。

そのまま陸に上がった彼女は、両手に鮭《さけ》を持ち、そのまま噛《かじ》りついた。ちなみにこの世界には、レイトが元いた世界の魚も普通にいる。

「……うまい」

「いや、生で食べるの⁉　調理とかしないの？」

「調理……魚は生で食べる物じゃないの？」

「人間の場合は普通は焼いたり、さばいたりして食べるよ。もしかして調理して食べたことない？」

「ない」

コトミンは即答して、首を横に振る。

生のまま食べるのもいいが、それだけではもったいない、そう感じたレイトはすぐに川に視線を向ける。そして「観察眼」のスキルを発動し、水中を泳ぐ魚を見つけた。

「『氷装剣』……とりゃっ‼」

「おおっ」

レイトは氷の短剣を投げつけて、魚をいくつも仕留めた。「命中」と「投擲《とうてき》」のスキルを使えば、釣り道具がなくても魚を獲《と》るのは難しくないのだ。

レイトは川の中に入り、魚を回収する。

「こいつは鮎《あゆ》か……となると、塩焼きがいいかな」

「……？」

首を傾げるコトミンに構わず、レイトはウルに話しかける。

「ウル、お前も食べるか？」

「クゥ〜ンッ……」

「そういえばお前は猫舌《ねこじた》だったな……狼だけど」

それからレイトは、鮎を調理するために調理道具を収納魔法で取り出した。

その場で焚火《たきび》をおこし、串に刺して塩を振った鮎を並べていく。「調理」のスキルを持っているのもあって、瞬《また》く間に調理を終えた。

レイトは焼き立ての鮎をコトミンに差し出す。

「ほら、食べてみて？」

「くんくん……いい匂い、おいしそう」

「熱いから気をつけてね」

「がぶっ‼」

「人の話聞いてたっ⁉」

コトミンは躊躇《ちゅうちょ》なく鮎に噛りつくと、眠たそうだった目を見開いて、大げさに震え出した。

「うまいっ……‼　うますぎるっ……ふああっ」

「え、最後のは欠伸《あくび》？」

「違う……私なりにおいしさを表現したつもり」

コトミンは鮎を夢中で食べ続けた。レイトはそんな彼女が食べ終えるまで、水車作りの下準備をして待っていた。

「おいしかった……おかわりを所望《しょもう》する」

「ないよっ‼　というか、食べたのなら働きなさいっ‼」

「むうっ……仕方ない」


それから数時間経って、昼時。二人で作業したのもあって、前回の半分以下の時間で水車小屋は完成した。

「おおっ……ちゃんと動いている。良かったぁ……」

レイトは、川の水で動く水車を見て感動するが、コトミンは慣れない作業で疲れたらしい。川に身体を浸《ひた》して休憩《きゅうけい》していた。

「お疲れ様……私は疲れた」

「ありがとな、コトミンさん」

「その呼び方はやめて……コトミンでいい。もしくはスラミンでも可」

「あれ？　その名前も意外と気に入ったの？」

そんなやりとりをしつつ、レイトは最後まで逃げ出さずに作業を手伝ってくれたコトミンに感謝を伝えた。

それから、彼はコトミンにまた魚を焼いてあげることにし、休憩中のコトミンに尋ねる。

「コトミンはどんな魚が好き？」

「魚ならなんでも食べる。だけど、今は大きな魚が良い」

「分かった。ちょっと待っててね……久しぶりだから上手《うま》くいくかな」

レイトは川の中に入り、「氷装剣」で作り出した短剣を握《にぎ》りしめる。

コトミンは突然そんなことをしだしたレイトに、不思議そうな視線を向けた。レイトは川の中に全身を沈めながら、目を閉じて神経を集中させる。

レイトは「心眼《しんがん》」というスキルを習得している。

神経に負担《ふたん》がかかるのであまり使わないが、効果は優秀《ゆうしゅう》で目を閉じても周囲の状況が把《は》握《あく》できるというもの。剣士や格闘家といった戦闘職で、達人の領域に到達した者だけが習得できるスキルだ。

真っ暗だったレイトの視界に異変が生じる。心の目によって周囲の状況が明らかになり、死角にある物体さえ認識できるようになった。

「心眼」は物体の輪郭《りんかく》だけしか捉《とら》えられないが、川を泳ぐ魚の位置が正確に把握できる。

レイトは大きな魚が正面《しょうめん》から近づいてくるのを感じ取り、短剣を投げつける。

「そこっ‼」

「おおっ」

短剣が魚を撃《う》ち抜く。レイトが仕留めたのは、こちらの世界にしかいない魚で、全身が鏡のように光り輝く魚だった。

「よし。だけど、これ、食べられるのかな?」

「それはカガミウオ。鏡のように綺麗に輝くから、昔は女性の手鏡として愛用されていた魚」

「なるほど……焼けば食べられるかな」

レイトとコトミンが話し合っていると、アイリスが説明してくれる。

『カガミウオは鱗を剥がないと食べられませんよ。それと、焼くときは一気に過熱してください』

さっそくレイトは「調理」のスキルを発動し、カガミウオを手早く味付けし始めた。そして、鮎のように串刺しにすると、ささっと並べていく。

コトミンは、焚火で焼かれるカガミウオを涎《よだれ》を垂《た》らして見ていた。焼き上がると、レイトはコトミンにそれを差し出す。

「ほら、今度はゆっくり食べなよ」

「分かった……がつがつっ」

「俺が言ったこと聞いてたっ⁉」

「クゥ～ンッ……」

カガミウオに夢中で食らいつくコトミン。美味《おい》しそうに食べる彼女に刺激されたらしく、ウルも空腹《くうふく》を訴《うった》えてくる。

レイトは、今度は自分達の食事の用意もすることにした。

「久々にブタンの肉でも食べるか。ウル、ちょっと水を汲《く》んでくれない？」

「クゥンッ？」

「川の水じゃなくて井戸の水だよ。一人でできるでしょ？」

「ウォンッ‼」

レイトのお願いにウルは元気よく返事をし、そのまま走っていった。

レイトが収納魔法を発動して調理器具を出して準備していると、コトミンがやって来て尋ねてくる。

「その魔法……もしかして収納魔法？」

「ああ、そうだけど？」

「じゃあ、あなたは支援《しえん》魔術師？」

「そうだよ」

「……支援魔術師の職業の人、初めて見た」

コトミンは、レイトが不遇職の支援魔術師だと知っても態度を変えなかった。大抵の人は不遇職と分かると、彼を馬鹿にしてきたというのに。

それからコトミンは、そのままじっとレイトが調理する様子を観察していた。

「それ、何してるの？」

「さっきもやって見せたけど、料理だよ」

「そのリョウリをしたから、魚がおいしくなったの？」

「魚というか、食べ物をおいしくできるよ。興味があるなら少しやってみる？」

「んっ」

コトミンは料理に興味を抱いたようだ。

その後、レイトは自分達の昼ご飯を用意しつつ、コトミンに料理の基本を教えていった。

彼女は意外なことに手際《てぎわ》が良く、魚の串焼きの仕方などすぐに覚えてしまうのだった。

◆◆◆

食事を終えたレイトとコトミンは、川辺に座ってお互いのことを話し合った。

レイトは、自分がこの村の人間だと説明した。

実際に、今、村を管理しているのは彼なので嘘ではない。また、たまに都市に赴《おもむ》いて冒険者稼業《かぎょう》をしていることも伝えた。

コトミンも、自分のことを語ってくれた。

「私は、湖に住んでいた。お母さんと一緒に住んでいたけど、喧嘩《けんか》して逃げ出してきた。だけど、自分がどこにいるのか分からなくなって、気づいたらこんな所まで来てた」

「迷子《まいご》ってことか……ちなみに、どれくらいお母さんと会ってないの？」

「……三年ぐらい？」

「三年!?」

「食べ物には困らなかったけど、ずっと一人で過ごすのは少し寂《さび》しかった……」

コトミンは極度《きょくど》の方向音痴《ほうこうおんち》なのか、もはやそういう問題ではないかもしれないが、とにかく三年も彷徨《さまよ》っているらしい。

レイトは、彼女の境遇《きょうぐう》に驚いたものの、母親と会っていないのは自分も同じだった。

もっともレイトの場合は、コトミンと違って自分で家を抜け出してきた。ただし、母親には自分が生きていることを伝えたいと思っていた。

レイトは、飄々《ひょうひょう》と語るコトミンに尋ねる。

「それなら、お母さんも心配してるんじゃない？」

「分からない……もしかしたら、もう私のことを忘れてるかもしれない」

「そんな馬鹿な……」

「……だって、私もお母さんの顔を半分ぐらい忘れてるから」

「薄情《はくじょう》な娘だな、おい‼」

「てへっ」

コトミンはそう言うと、笑みを浮かべた。

レイトはコトミンに呆《あき》れながらも、彼女との会話を楽しんでいた。

その後、彼はコトミンが身に着けている、スクール水着のような不思議な服に視線を向けると、それについて尋ねる。

「そういえば、その服……というか水着？　ずっと着ているの？」

「水着……？　よく分からないけど、この服は人魚族だけが身に着ける『水服《みずふく》』。昔、異世界から召喚《しょうかん》された勇者様が人魚族のために作り出した服だってお母さんが言っていた」

「だからって、なんでスクール水着を？　……昔、召喚された勇者はどんな奴だったんだよ？」

「とてもエッチな勇者だったけど、すごく良い人だって伝説に残っている。この服装が、人間の男の人の好みだってお母さんから聞いてたけど……」

「全員が好きなわけじゃないよ！　俺は見たことがある程度だし」

レイトは前世で学生だったので、女子のスクール水着姿を見たことがあった。だから、コトミンの格好を受け入れてしまっていたが、やはりこの世界では違和感がある。

「その格好って目立つんじゃないの？」

「何度か人間に発見されたけどみんな驚いてた……中には私を捕まえようとする人もいた」

「前に会ったときも誘拐《ゆうかい》されかけてたね……大丈夫だったの？」

「うん。これまでも危ないときはあったけど、川の中に逃げ込めば大抵の人は諦《あきら》める。たまに水中まで追ってくる人もいるけど、人魚族に水中戦を挑むのは愚《おろ》かな行為……返り討《う》ちにした」

「返り討ちって……」

「だから、人間なのに私を見てもあんまり驚かなかった人は、レイトが初めて……でも、昨日再会したとき、あんなに怒られるとは思わなかった」

どうやらコトミンは、レイトに強い興味を持っているらしい。

コトミンがレイトに言う。

「人間はいつも私を捕まえようとしてくるけど、レイトは違った。私を見ても捕まえようとしないし、この服装でも普通に話しかけてくれる」

「いや、気にはなってたけど、人の趣味嗜好《しゅみしこう》に何も言わなかっただけで……」

「それでもいい。レイトは人間だけど良い人だって分かった……だから友達になりたい」

「友達?」

「これ、あげる」

彼女はどこに隠《かく》し持っていたのか、サファイアのように青く輝く石を取り出し、レイトに差し出した。レイトは不思議そうな表情を浮かべながらも、それを受け取る。

すぐに彼の脳内に、アイリスの声が響《ひび》く。

『あ、やりましたね。それは水属性の魔水晶《ますいしょう》「水晶石《すいしょうせき》」です。それを魔法腕輪《マジックリング》にはめて身に着ければ、水属性の魔法が大幅《おおはば》に強化されますよ』

コトミンがくれたのは、かなり貴重《きちょう》な物らしい。そう気づいたレイトは、どうして彼女が自分にこれを差し出したのかと、疑問の視線を向ける。

すると、コトミンはどこか照《て》れ臭《くさ》そうに頬《ほお》を赤く染《そ》めた。

「それは私の宝物……お母さんが言ってた。大切な人ができたときに渡しなさいって……レイトは私の初めての人間の友達」

「えっと……ありがとう？」

コトミンの母親が言った「大切な人」というのは、「恋人」を指しているのではないか……レイトはそう気づいたものの、今さら断《ことわ》れる雰囲気《ふんいき》ではない。

彼は仕方なく、水晶石を受け取ることにした。

『やりましたね、レイトさん!!　これで、可愛い女の子と貴重な魔石を入手しましたよ!!』

『お前、こうなることを分かっていて、水車小屋を作らせたんじゃないだろうな……』

『どきっ』

さっそくレイトは、コトミンから受け取った水晶石を魔法腕輪《マジックリング》にはめ込んだ。そうして、手を振りながら水中に姿を消していく彼女を見つめた。

コトミンは今日はもう帰って休むらしい。明日の朝またファス村に遊びに来る、そう念を押して彼女は去っていった。

レイトは不思議な気持ちになりつつ、ウルに声をかける。

「よし、俺達も一度戻ろうか。例の森人族《エルフ》のお姫様が、ギルドに顔を出しているかもしれないし……」

「ウォンッ!!」

◆　◆　◆

レイトが狼車に乗り込んだとき、ファス村の出入り口のほうから声が聞こえてきた。

視線を向けると、そこには見知った顔がいた。

「レイトはいるか？」

「ゴンちゃん？」

現れたのは、巨人族《ジャイアント》のゴンゾウだ。彼は体長二メートルを超《こ》える巨大なイノブタの魔獣――ブタンを肩に担《かつ》いでいた。

レイトの姿を発見したゴンゾウが、ゆっくりとやって来る。

「やはりここにいたか。黒虎の冒険者ギルドの者に聞いてきたんだが……ここ、お前の村だったんだな？」

「まあ、うん……一応？」

「この間の礼をしたいと思って、こいつを持ってきたんだ。受け取ってくれ」

ゴンゾウはそう言うと、ブタンをドスンと下ろした。

深淵《しんえん》の森《もり》でレイトが狩っていたブタンと比べると、ずいぶん太っている。そのブタンの頭部は潰されており、棍棒《こんぼう》のような物でやったのだろうとレイトは考えた。

レイトはブタンを観察しつつ言う。

「これはおいしそうだな……だけどいいの？　ゴンちゃんが狩ったのに」

「問題ない。元々、魔物の討伐依頼を受けたときに、依頼人と交渉《こうしょう》して一頭分だけ分けてもらったからな。遠慮《えんりょ》なく受け取ってくれ」

「それなら今から料理するから、ゴンちゃんも一緒に……」

レイトがそう提案すると、ゴンゾウは申し訳なさそうに言う。

「いや、俺は今から依頼があるんだ。明日の昼までに目的地に着かないといけないから、急がなければ……」

「え？　でも、荷物はそれだけで大丈夫なの？」

ゴンゾウが用意しているのは、背中の棍棒だけ。乗り物もなければ、食料を詰めた荷物なども持っていなかった。

巨人族《ジャイアント》は大量に食べるので、遠出《とおで》の際は必ず大量の食料が必要となるのだが……

レイトが疑問に思っていると、ゴンゾウは首にさげた黒いペンダントをはずし、片手に握りしめた状態で、もう一方の手を差し出す。

「見ていてくれ、水筒《すいとう》」

「うわっ⁉」

「ウォンッ⁉」

収納魔法を使ったときのように黒い渦巻《うずま》きが生まれ、木でできた水筒が現れる。

レイトは、ゴンゾウは魔法が不得手《ふえて》と聞いていたので、ゴンゾウが支援魔術師しか覚えられない収納魔法を発現させたことに驚く。

ゴンゾウがペンダントを手に説明する。

「これには、収納石《しゅうのうせき》と呼ばれる魔石が埋め込まれているんだ。収納石を使えば、収納魔法のように空間に物体を保管できる」

「え、これが⁉」

「だが、この石は非常に貴重でな。それに壊れた場合は、収納していた物がすべて外部に放出されてしまう。取り扱《あつか》いが難しいから、俺も滅多に使わないんだが……今回は遠出になるからな。食料と飲料水を回収してある」

「……そうなんだ。その石が、俺の職業が不遇職扱いを受けるようになった理由の一つというわけか」

レイトが落胆《らくたん》したように呟くと、アイリスが言う。

『でも、収納石には欠点がたくさんありますよ。収納容量は百キロが限界ですし、物体を吸収すると重量が増します。もちろん、元の重さからは十分の一くらいに軽くなりますけどね。ちなみに、収納石に収納石を回収することはできません』

その点、支援魔術師の収納魔法は、好きなときに回収した物体を取り出せるだけでなく、レベルによって収納量が変わる。現在のレイトの収納量は、二千キロを超えていた。

アイリスの説明を聞いて少し立ち直れたレイトは、ゴンゾウに尋ねる。

「ゴンちゃんはこれからどこへ行くの？」

「ゴレムという街だ。最近、近くの鉱山からゴーレムが下りてきて、街に被害を与えているらしい」

「ゴーレム……」

『ＲＰＧではドラゴンと同様に定番の魔物ですね。魔石が発掘《はっくつ》される鉱山に発生する厄介《やっかい》な魔物です。だけど、この魔物は体内に必ず良質な魔石を持っているので、討伐に成功するといいお金になりますよ。レイトさんも前に見たことありますよね』

アイリスの説明を受け、レイトは森で暮らしていたときに、一度だけ見かけたのを思い出した。

あのときレイトは見てすぐに逃げたので、遭遇《そうぐう》した記憶さえあまりなかったが、成長した今ならば、ゴーレムにも通じるのではないか。

そう考えたレイトは、ゴンゾウにお願いする。

「なるほど……ゴーレムか。俺もついて行っていい？」

「別に構わないが……俺は自分の分の食料しか持ってないぞ？」

「大丈夫だよ。今から用意するから、ちょっと待ってて」

すぐに準備に取りかかろうとするレイトに、アイリスが注意してくる。

『だけどレイトさん、明日の朝にコトミンさんと会う約束はどうするんですか？　ゴンゾウさんについて行くなら、今日中には戻れませんよ』

『あ、そうだった！　……まあ、その辺はウルに移動を頑張ってもらうか』

レイトは荷物の整理をしつつウルの頭をなで、狼車につないだ。

だが、ここで問題が起きた。狼車は、巨人族《ジャイアント》のゴンゾウを乗せられるような高さに設計されていなかったのだ。

すぐにレイトは村の中にあった荷車を改造し、狼車の後部に接合させて、ゴンゾウに声をかける。

「これでよし！　ゴンちゃん、悪いけどこれに乗ってもらえる？」

「おおっ……すごい、よくこんな物を作れたな」

瞬く間に狼車に荷車を取りつけたレイトを見て、ゴンゾウは驚いていた。

あとはゴンゾウを乗せて出発するだけだが、ゴンゾウは不安そうな表情を見せる。

「レイト、俺はかなり重いぞ。しかも、この背中の棍棒も含めると、普通の馬では運ぶことはできないだろう。だから、俺は移動するときは基本的に徒歩《とほ》にしているのだが……」

「大丈夫だよ。ウルがちょっとでかくなればいいから」

「でかく？」

「よし、ウル‼　大きくなれっ‼」

「ウォンッ‼」

レイトがウルに命令すると、ウルの肉体に異変が起きる。

徐々に身体を膨《ふく》れ上がらせるウルを見て、ゴンゾウは目を見開く。やがてウルは体長が四メートルに達するほど巨大化した。

ウルが全身の骨を鳴らして、声を上げる。

「ウォオンッ‼」

「よしよし、これで問題ないよね」

「いや、ちょっと待ってくれ。これはどういうことだ⁉」

「クゥンッ？」

目の前で起きたことが理解できず、ポカンとするゴンゾウ。

レイトはゴンゾウに、これが白狼種の隠された能力で、ウルは自分の意思で肉体を自由に変形させられることを伝えた。

さらにレイトは続ける。

「ウルは一年ぐらい前から、これができるようになったんだよ。だいたい二倍くらいまでいけるかな……だけど、そんなに長い時間はできないんだよね。それに、巨大化したぶん力は強まるけど、速度はちょっと遅くなるんだよ」

「もしかして巨狼化《きょろうか》か⁉　初めて見たぞ……」

「いきなりでかくなったときは病気かと思ったけど、別に大きくなっただけで、特に変わりはなかったよ。ほら、お手」

「ウォンッ‼」

「あいてっ‼　俺の頭に乗せるな‼」

レイトが手を差し出すと、ウルは元気よくレイトの頭に手を乗せた。

ともかくこの状態のウルなら、ゴンゾウを荷車に乗せても問題なく移動できる。こうしてレイト達はさっそく出発することにした。

巨狼化の影響で速度は若干《じゃっかん》落ちているが、それでも普通の馬とは比べ物にならない速度で、彼らは進むことができたのだった。

◆　◆　◆

出発してから約一時間後。

ゴンゾウ一人なら徒歩で半日以上かかる距離《きょり》を、ウルは一時間足らずで走り抜き、ゴレムの街に到着する。

街の住民は、巨大な狼を見て非常に混乱していた。だがレイトとゴンゾウで、害がないことを丁寧《ていねい》に説明するとなんとか受け入れてもらえた。

ちなみに、ウルが巨狼化できるのは一時間が限界。街に到着して数分後には、風船が萎《しぼ》むように身体が縮《ちぢ》んだ。

ゴンゾウがウルと戯《たわむ》れている。

「まったく……お前のせいで大変な目に遭《あ》ったぞ、こいつめっ、うりうり……」

「クゥ～ンッ」

「だが、早くたどり着けた。これなら、日が暮れる前にロック鉱山に入れそうだ」

それからレイト達は狼車を街の住民に預《あず》け、ゴレムの街から数キロ離れた場所にあるロック鉱山に向かった。

街から鉱山までの道のりは荒野が広がっているが、魔物はほとんど生息していない。

ただし、農作物が育ちにくい土地らしく、ゴレムの街の住民は主に近辺の鉱山から採取《さいしゅ》した鉱石で生活を支えているとのことだった。

「鉱山はどんな所？」

「岩山だな……特にそれ以外に言うことはない」

「そうなんだ……ゴーレム以外に魔物は現れる？」

「いや、ロック鉱山は完全にゴーレムの住処《すみか》だ。ゴーレム以外の魔物はいない」

「なるほど」

「戦闘のときは俺に任《まか》せろ。奴らの外殻《がいかく》は硬《かた》い……普通の武器ではダメージを与えられないぞ」

「そうなのか……でも、俺のこいつなら大丈夫だよ」

レイトはそう言うと、手にした退魔刀に視線を向けた。

すると、ゴンゾウは苦々《にがにが》しい表情を浮かべる。ゴンゾウの常識からすると、魔法金属ではないレイトの大剣が、ゴーレムに通じるとは思えなかったのだ。

実際のところ、レイトの退魔刀はこちらの世界にはない、硬い金属で構成されているのだが……

「たどり着くまでに、ゴンちゃんのことを聞かせてよ。ほかの冒険者ギルドがどうなっているのかも気になるし……」

「別に構わないが、面白《おもしろ》い話はないぞ」

「いいからいいから」

そんなふうに雑談しながら、レイトとゴンゾウは鉱山に向けて移動するのだった。


レイト達がロック鉱山に到着したときには、すでに夕方を迎えていた。

彼らは山道を登りながら、ゴーレムを探す。

ゴーレムは夜行性のため、夜になると行動が活発化する。今回の依頼は、一定数のゴーレムを倒せば達成するらしい。レイトとゴンゾウは、夜を迎える前に依頼を終わらせる計画を立てていた。

レイトは探索《たんさく》しながら、ゴンゾウに尋ねる。

「でもさ、街を訪れたゴーレムを撃退《げきたい》すればいいんじゃないの？」

「その場合、街に被害が出る可能性がある。それに、ゴーレムは必ず住処に戻る習性があるからな……ここで待ち伏《ぶ》せれば必ず姿を現す」

「だけど、ゴンちゃんだけでどうにかなる相手なの？」

「正直《しょうじき》に言えばきついな……だが、ゴーレムなら何度か討伐している。それに、この鉱山に生息するゴーレムは、通常種よりも小柄で力が弱い」

「そうなんだ……あれ？　あそこの岩壁《がんぺき》……おかしくない？」

「どこだ？」

「あそこだよ」

山道を移動中、レイトは通り過ぎようとした岩の壁《かべ》に違和感を覚えた。

さっそく「観察眼」を発動させて見ると、岩壁だと思い込んでいた箇所《かしょ》に、人間の顔のように見えるくぼみがあった。ゴンゾウは棍棒を握りしめ、レイトは暗殺者のスキル「気配感知」を発動させる。

岩壁から生物の気配を感じ取ったレイトは、退魔刀を引き抜く。

「壁に擬態《ぎたい》している？」

「そうだ。だが、眠っているようだな……ゴーレムは胸に核《かく》がある。そこを狙うぞ」

「核？」

「奴らの心臓のような物だ。核を完全に破壊するか、あるいは取り出さなければ復活する」

「え？　核をなんとかしないと無敵なの？」

「いや、再生するには土が必要だ。土がない場所なら再生できないが、核が土に触れてしまえばすぐに再生を始める。だから、核の摘出《てきしゅつ》後は容器に入れて保管する必要があるんだ。それと、損傷が大きい場合は再生に時間がかかるぞ」

「なるほど……魔法は効く？」

「火属性魔法の耐性が強い。それ以外の属性の魔法の相性《あいしょう》は分からないが……水が弱点なのはたしかだな。水に触れて外殻が泥《どろ》のように溶《と》けたのを見たことがある」

「そうなると、俺の『氷塊』は相性がいいのか分からないな」

レイトの「氷塊」の魔法は氷の塊《かたまり》を生み出すため、ゴーレムの弱点である水に変換することはできない。

「氷塊」に「火球」を組み合わせて、水にできないだろうか——などと考えながら、レイトはゴーレムの胸の部分に視線を向ける。

「ゴンちゃんは下がってて。俺の魔法を試す」

「何？　レイトは砲撃魔法《ほうげきまほう》が使えないんじゃないのか？」

「いいから、俺を信じてよ」

「……分かった」

レイトの言葉にゴンゾウは従い、念のために失敗したときのことを考えて棍棒を構えた。

レイトは岩壁に擬態しているゴーレムに視線を向け、両方の手に発現させた氷の大剣の刃に「超振動《ちょうしんどう》」を起こす。


〈技術スキル「氷振動弾《ひょうしんどうだん》」を覚えました〉


レイトの視界に新しいスキルを習得したことを示す画面が表示された。

レイトは、大剣に「超振動」を起こしたまま、「氷刃弾」をゴーレムの胸に向けて放つ。

岩壁と化していたゴーレムの肉体に氷の刃――「氷振動弾」が突き刺さった瞬間、悲鳴が迸《はし》る。


「ゴォオオオオッ⁉」

「うわっ……本当に動いたっ⁉」

「これは……まずいっ‼」

ゴーレムの弱点である胸に的中したと思われたが、岩壁に擬態していた影響で、胸からわずかに狙いが逸《そ》れていたようだ。

ゴーレムが、胸を貫かれた状態のまま動き出す。その体長は二メートルを超えており、力士のような体格だ。

ゴーレムがレイト達に向けて咆哮《ほうこう》を放つ。

「ウゴォオオオッ‼」

ゴンゾウが視線をゴーレムに向けながら、悔《くや》しげに言う。

「核には届かなかったか。こいつはすぐに仲間を呼ぶ。その前に仕留めるぞっ‼」

「分かった‼」

ゴンゾウが棍棒を振りかざし、レイトも退魔刀を構える。ゴーレムは、胸に刺さった氷の刃を引き抜こうと手を伸ばした。

「ゴォオオオッ‼」

手づかみで氷の刃を引き抜いた瞬間——胸の穴がふさがる。

その光景を見たレイトは、ゴーレムが高い再生能力を持つ、ということを思い出した。

ゴーレムは、普通の攻撃で傷つけるのが難しいだけでなく、高い再生能力で肉体を回復させてしまう厄介な敵だ。

レイトは少しうろたえつつ、ゴンゾウに声をかける。

「面倒だな……どうやって戦う？」

「こうするだけだ……ふんっ‼」

「ゴァアアアアッ⁉」

ゴンゾウはゴーレムに向けて棍棒を上段へ振り上げ、一気に落とした。

いくら相手が二メートルを超える巨体とはいえ、ゴンゾウの身長は三メートル超。体格で勝るゴンゾウの一撃が、ゴーレムの頭部を破壊する。

「やった⁉」

「いや、頭を砕いただけだ」

頭部を粉々に砕かれたゴーレムが、仁王立《におうだ》ちのまま立ち尽《つ》くす。ゴンゾウは続けて、拳《こぶし》をゴーレムの胸に叩きつける。

「ぬうんっ‼」

「素手《すで》⁉」

「ウォンッ⁉」

棍棒を使わずに手で攻撃したゴンゾウに、レイトは驚愕《きょうがく》してしまう。だが、そのゴンゾウの拳はゴーレムにめり込み、岩石の肉体を粉砕《ふんさい》した。

肉体から引き抜かれたゴンゾウの手には、赤く輝く岩石が握りしめられている。

ゴーレムの肉体に亀裂《きれつ》が走り、地面に崩れ落ちた。

「よし、倒したぞ」

「お、おおっ……それが核？」

「そうだ。ゴーレムの核は良質な火属性の魔石として利用できる」

ゴンゾウはそう言って、レイトに核を見せる。

その大きさは意外と小さく、レイトの手でも完全に包み隠せるくらいだった。ゴンゾウは収納石のペンダントに核を回収する。

ゴンゾウは移動を再開しつつ、レイトに声をかける。

「そろそろ夜を迎える。その前にもう少し睡眠《すいみん》中のゴーレムを見つけておきたい」

「分かった。だけど、あとどれくらい倒せばいいの？」

「あと十体だな。念のために二、三体は余分に倒しておくか」

「マジかっ」

「クゥ～ンッ」

さりげなく告げられたゴンゾウの言葉に、レイトは絶句《ぜっく》してしまう。

だが、ここまで来た以上ゴンゾウを放置できず、レイトは嫌々ながらもゴンゾウのあとに続くのだった。

数分後、レイト達は道端《みちばた》で岩に擬態したゴーレムを二体発見する。

二体のゴーレムは全身を丸めて眠っており、それを見たゴンゾウは困ったように棍棒を肩に載せる。

「ゴーレムの外殻は背中がもっとも硬い。だから一撃では破壊するのは難しい」

「こいつらは水に弱いんだよね？　水をかけて弱らせたら？」

「いや、貴重な水をむやみに使うわけにはいかん。ここは力ずくで……」

「ちょっと待ってて」

そう言うとレイトは収納魔法を発動させ、水の入った巨大な壺《つぼ》を取り出す。本来この水は料理の際に使っているものだ。

「これ使って」

「これは？　……だが、いいのか？」

「二つあるから問題ない」

レイトは、収納魔法で大量の食材と飲料水を収納していた。特に水に関しては、料理に扱うので常に余分に保管している。

続いてレイトは取り出した水桶《みずおけ》をゴンゾウに渡し、自分も水桶をつかみながら二体のゴーレムに接近する。

そして、ゴーレムの頭上から水をかけた。

「ゴァアアァッ……⁉」

ゴーレム達は唐突《とうとつ》に水をかけられたことで目を覚ますが、水をかけられた部分の外殻が変色し、泥のように剥がれ落ちてしまう。

その隙《すき》を逃さず、ゴンゾウとレイトは武器を構え、背中から攻撃を仕掛ける。

「ぬんっ‼」

「ゴォオオオッ……⁉」

「とりゃっ‼」

「ゴアッ……⁉」

ゴンゾウは棍棒でゴーレムを叩き、レイトは退魔刀を突き刺して内分の核を破壊した。

今回は核の摘出にはこだわらず、討伐するのを優先したのだ。

「ふうっ……これでよし」

「レイトのおかげで助かった。俺一人ならこうはいかない」

「てへへ……なんだが初めて支援魔術師らしく戦えた気がする」

『今さらですか』

アイリスのツッコミを無視しながら、レイトは周囲をうかがう。

すでに日は完全に落ち、周囲は暗闇に覆《おお》われていた。レイトが「火球」の魔法で自分達の周囲を照らそうとしたとき、それを遮るようにゴンゾウが手を差し出す。

「『光球《こうきゅう》』」

「わっ……何それ⁉」

「『光球』だ。この魔法だけは俺も扱える」

ゴンゾウの手から、ホタルのように光り輝く球体が出現し、彼の周囲に浮遊《ふゆう》している。

初めて見た魔法に、レイトは驚いていた。どうやらまだ習得していない、聖属性の初級魔法らしい。

ゴンゾウはレイトに解説する。

「この魔法は聖属性の魔力で構成されている。だから触れても問題はない」

「へえっ……『火球』と似てるね」

「だが、俺の魔力では二、三個しか扱えない。レイトは覚えてないのか？」

「覚えてはないけど……今、覚えるよ」

レイトはそう言うと、ゴンゾウの出した光に視線を向けつつ、ゴンゾウのように手を差し出して意識を集中させる。

「『光球』」

「ぬおっ⁉」

レイトの手にソフトボールほどの「光球」が出現し、強い輝きを放った。あまりに強力な光だったため、レイトは慌てて光量を抑える。

それから自分の頭上に移動させたところで、レイトの視界に画面が表示された。

〈初級魔法「光球」を習得しました〉


無事に初級魔法の習得に成功したようだ。

続けてレイトは新しい「光球」を生み出していった。合計で三つの「光球」を自分達の周囲に浮遊させる。

「これでよし……うん、『火球』よりも輝きが強くて便利だね」

「そ、そうか……すごいなレイトは」

「じゃあ、行こうか」

あっさりと自分よりも「光球」の魔法を使いこなすレイトを見て、ゴンゾウは冷や汗を流す。

あまり光が強すぎると、魔物を刺激する可能性もある。しかし、この鉱山にはゴーレムしかいないので、ゴーレムを引き寄せられそうと考えつつ、レイトは先に進む。

「あっ……見つけた。だけど、もう動いているね」

「何？　どこにいるんだ？」

「あそこだけど……あ、ゴンちゃんは『暗視《あんし》』のスキルは持っていないのか」

「ああ……レイトは『暗視』のスキルを覚えているのか？　暗殺者みたいだな……」

レイトは「暗視」と「遠視」のスキルのおかげで、接近してくるゴーレムがいるのに気がつけた。

数は三体。あっちは「光球」のせいもあってレイト達に気づいているようだ。三体は鳴き声を上げず、慎重《しんちょう》に接近してくる。

「あっちは、俺達がまだ気づいていないと思っているみたいだ。まあ、普通に暗闇で隠れていれば気づきにくいか」

「俺にはよく見えないが、大丈夫か？」

「距離的には二十メートルくらいだけど、ちょっと待ってね。足止めするから」

レイトは相手との距離を測《はか》りつつ、地面に手をつけて「土塊」の魔法を発動した。

ゴーレム三体の足下の地面が陥没《かんぼつ》し、ゴーレム達は地面に沈んだ。重量が大きいほど「土塊」は有効だ。

魔法が上手くいったのを確認したレイトは、手を離して退魔刀を引き抜く。

「ゴァアアアッ⁉」

「うおっ⁉　な、何が起きた？」

「『土塊』の魔法であいつらの足下の地面を崩しただけ、今のうちに行くよ‼」

レイトは「光球」を移動させて、ゴーレム達を照らす。今回は単純に、力業《ちからわざ》で破壊を試《こころ》みることにした。

「『兜砕《かぶとくだ》き』‼」

「ゴァアアアアッ⁉」

大剣を構えたレイトは上段から振り下ろし、ゴーレムの頭部を叩き割り、胸元まで斬《き》り裂《さ》く。大剣は体内の核まで届き、ゴーレムの肉体は崩れ落ちた。

今、レイトが放った「兜砕き」は、冒険者ギルド黒虎のギルドマスター、バルより伝授《でんじゅ》された「撃剣《げきけん》」とほかの剣技を組み合わせた複合戦技——「剛剣《ごうけん》」の一つだ。

「おおっ⁉」

ゴンゾウが感心した声を上げる。

続いて、レイトは別の「剛剣」をゴーレムに試す。

「『金剛撃《こんごうげき》』っ‼」

「ゴォオオオッ……⁉」

レイトがゴーレムに突き刺した大剣を引き抜いている間、ゴンゾウは両腕の筋肉を一瞬だけ肥大化《ひだいか》させ、棍棒を横薙《よこな》ぎに放った。

二体のゴーレムが、粉々に破壊される。

レイトは驚き、ゴンゾウに感心してしまう。

そういえば、ほかの冒険者の戦闘を見るのはレイトにとって初めての経験だった。ゴンゾウの実力はCランク、その中でも飛び抜けて高いらしい。

ゴーレム二体を粉砕したゴンゾウが一息つき、レイトに話しかける。

「ふうっ、これで依頼達成まで、残りは四体だな」

「ここまでは順調だけど、ほかの奴らはどこにいるのかな……」

「もっと奥に進めば採掘場がある。そこに行けばほかのゴーレムがいるだろう。奴らの好物は鉱石だからな」

「採掘場か……」

ゲインと戦ったイミル鉱山のように、ロック鉱山にも採掘場はある。

しかし、規模は小さく現在は封鎖《ふうさ》されているとのこと。理由は、無数のゴーレムが出現しているから。ゴーレムを討伐しなければ、採掘場は再開できないのだ。

「この鉱山の採掘場を取り返すのも、今回の依頼条件の一つだ。もっとも、採掘場で待ち構えているのは五、六体ほどらしいがな」

「それくらいなら、なんとかなるんじゃないかな……あ、あそこかな？」

山道を移動中、レイト達は洞窟《どうくつ》を発見した。

それが人工的に作り出されたのは間違いなく、穴の手前には看板が立てかけられている。「この先、立ち入り禁止」と記されており、洞窟を通り抜けると採掘場につながるらしい。

ゴンゾウを先頭に、二人は移動していった。

「着いたぞ、ここが採掘場だ」

「へえ……イミル鉱山の採掘場と少し似てるな」

洞窟を通り抜けると、イミル鉱山と雰囲気が似た光景が広がっていた。

レイト達の視界に、複数のゴーレムが動き回る姿が映る。ゴンゾウの予想通り、その数は全部で五、六体ほどだった。

レイトはゴンゾウに提案する。

「ちょっと面倒だな……よし、一体ずつ引き寄せようか？」

「引き寄せる？　どうやってだ？」

「ウルに囮役《おとりやく》を頼んでここまで……あれ？　あいつどこに行った？」

「ウォンッ」

「あ、後ろにいたのか……ん？　何をくわえてるの？」

レイトが振り返ると、蛍光灯《けいこうとう》のように光り輝く鉱石を口に挟《はさ》んだウルがいた。レイトは不思議に思いながら、ウルから鉱石を回収する。

それを見たゴンゾウが、驚きの声を上げる。

「それは光石《こうせき》じゃないのか？　常に光り続ける珍《めずら》しい鉱石だ。照明の代わりになるから、夜間や洞窟のような場所では、重宝《ちょうほう》される鉱石だぞ」

「へえ……よく見つけてきたな、ウル」

「クゥ〜ンッ」

もっと褒めろとばかりに、ウルはレイトに擦《す》り寄る。

彼の頭をなでながら、レイトは受け取った光石に視線を向ける。だが、すでに「光球」の魔法を覚えているので価値は見出《みいだ》せず、ゴンゾウに差し出す。

「ゴンちゃんにあげるよ。せっかくウルが見つけてきたけど、俺はあんまり使わないと思うし……」

「何？　いいのか？」

「いいとも〜」

「そ、そうか……ありがとう」

ゴンゾウは光石を受け取り、収納石に回収する。その間に、レイトは採掘場のゴーレムの様子をうかがい、ウルに声をかける。

「ウル、あいつらを引き寄せろ。俺達は洞窟の外まで行って、そこで待ってるから」

「大丈夫なのか？」

「ウォンッ‼」

心配するゴンゾウをよそに、ウルはレイトの指示に従い、採掘場に移動していった。そして、散らばっているゴーレムの注意を引きつける。

レイトとゴンゾウは洞窟の外に移動し、迎撃《げいげき》準備を整えた。レイトは先ほどのように「土塊」を発動させる準備をし、ゴンゾウは棍棒を握りしめる。

しばらくして、ウルの鳴き声とともに無数のゴーレムが移動する足音が、洞窟内に響き渡った。

「ウォオンッ‼」

「ゴオオオオオッ‼」

「来たぞっ‼」

「分かってる‼」

洞窟からウルが抜け出した瞬間――

レイトは「土塊」の魔法を発動して、巨大な落とし穴を形成。直後、洞窟から出現したゴーレム達が悲鳴を上げて落下していった。

「ゴアアッ⁉」「ゴオオッ⁉」「ゴガァアアッ⁉」

「よっしゃ‼」

すべてのゴーレムが落とし穴に落ちたのを確認すると、レイトは「光球」を発動して落とし穴の中を照らす。

ゴーレム達は重なり合うように倒れており、必死にもがいているが、自力で起き上がれる様子はなかった。

「このまま爆弾でも落として破壊すれば、いいんじゃないかな……」

レイトがそう言うと、ゴンゾウが慌てて止めに入る。

「待ってくれ、ゴーレムを倒したら身体の一部を持ち帰らないと。そうしないと、依頼達成の証《あかし》にならないからな」

「ああ、そういえばそうだった」

冒険者は依頼に際して、討伐した魔物の肉体の一部をギルドに持ち帰ることが義務づけられている。実際、ゴンゾウはこれまでに倒したゴーレムの核をちゃんと回収していた。

レイトは、落とし穴にはまったゴーレムをどのように倒すべきか考える。

そして、この状態で大量の水を与えればゴーレムの肉体が崩壊《ほうかい》し、核だけが残るのではないかと考えつく。

レイトが、どう大量の水を生み出そうか悩《なや》んでいると――

『レイトさん、こういうときこそ、水晶石の出番ですよ』

『あ、そういえば忘れてた……だけど、水属性の魔法を強化させるといっても俺は「氷塊」しか出せないけど……』

『それなら、さっきレイトさんが考えついたみたいに、「氷塊」と「火球」を組み合わせればいいんじゃないですか？　相性は最悪だから、合成魔術《ごうせいまじゅつ》は難しいでしょうけど』

アイリスの助言を受け、レイトはその方法を試してみることにした。

レイトは、ゴンゾウに声をかける。

「ゴンちゃんはこいつらを見張ってて」

「どうする気だ？」

「今からちょっと新しい魔法を試すから……」

レイトはそう言うと、魔法腕輪《マジックリング》の水晶石に視線を落とし、「氷塊」の魔法を発動させる。

水晶石の効果により、いつもより大きな「氷塊」が生まれた。

レイトは驚きつつも、「火球」の魔法を発現させる。そして、空中に浮遊する「氷塊」を溶かそうと「火球」を組み合わせる。

「おっ……いけるか？」

「何をしてるんだ？」

ゴンゾウが話しかけてきたせいで、魔法が乱れてしまう。

「ちょっと、今は話しかけないで！　集中してるからっ」

「す、すまん」

「クゥ～ンッ……」

空中に浮遊させた巨大な「氷塊」の周囲に、無数の「火球」を浮かせる。そうして、熱気を与えて氷を溶かしていく。

さらに周囲の「火球」を高速回転させ、大量の水を落とし穴に流し込む。

「ぐぬぬっ……!! これ、かなりきつい……!!」

「だが、すごい量の水が流れ込んでいるぞ」

「ゴァアアアアアッ……!?」

「氷塊」からこぼれ落ちる水が、ゴーレムの肉体に降り注ぐ。岩石の外殻が変色して、泥のように崩れ去り、落とし穴の中に泥沼《どろぬま》が形成されていく。

数分かけてすべての「氷塊」を溶かしきると、落とし穴の底には、大量の泥とともに、ゴーレムの核だけが浮き上がっていた。

「はあっ……はあっ……ふ、普通に倒すほうが楽だったかも」

「だが、これであとは回収すれば依頼は終わりだ……ありがとう」

「ウォンッ!!」

それから手分けして核を回収し、これでゴンゾウが引き受けた依頼は達成された。

採掘場にいたゴーレムはこの六体だけだったが、夜営するのは危険なため、二人はゴーレムの街に引き返すことにした。

レイトがゴンゾウに告げる。

「ふうっ……久しぶりに冒険者らしい活動をしたと思う」

「ん？　レイトは冒険者じゃなかったのか？」

「まあ、いろいろとあってね。ウル、帰りは背中に乗せて」

「ウォンッ‼」

帰りの支度《したく》をしていると、ゴンゾウが改まったように言う。

「戻ったら、ちゃんと依頼の報酬を分けよう」

「別に気にしなくていいのに」

「いや、ここまで世話になったんだ。必ず受け取ってもらうぞ」

「う〜んっ……そこまで言うなら」

レイトはお金に困っているわけではない。とはいえ、実際にゴーレムの半数以上を倒したのは彼の功績《こうせき》でもあった。

そのことをゴンゾウから説明され、レイトはありがたく報酬を受け取ることにした。

◆◆◆

ゴレムの街に戻ったレイトとゴンゾウは、そのまま街にある冒険者ギルドに赴く。

依頼を受けたギルドでなくても、達成報告と報酬金の受け取りはできるので、ゴンゾウはここで「ゴーレム十体の討伐」の報告をした。

レイトは、報酬として金貨五枚をもらった。

本来の報酬は金貨十枚ということなので、日本円換算《かんさん》で百万円に当たる。ゴンゾウはずいぶん高額な依頼を受けていたらしい。

ちなみに、ゴーレムの討伐は依頼の中で高額な部類に入る。

むしろ今回は最低金額で、普通の冒険者はこの程度の報酬では動かないという。ゴーレムはそれほど厄介な存在のようだ。

もっとも、ゴンゾウが依頼を引き受けたのはゴレムの街の住民達のためで、お金目的ではない。

今回はゴンゾウ一人でも対処できただろうが、レイトが協力してくれたことに、彼は深く感謝していた。

ゴンゾウはレイトに改めて礼を言う。

「今日は助かった。俺はここゴレムにしばらく残るが、レイトはどうする？」

「ファス村に戻るよ。友達が明日来るはずだから……あ、しまった‼　ゴーレムを捕まえておけば、狩猟祭の魔物商に売れたかな？」

「む、たしかにそうか。惜《お》しいことをしたな」

「くっそう……今から、戻るわけにはいかないしな」

だいぶ時間も遅くなっており、夜行性の魔物も動き出していた。

それからレイトは一晩だけゴレムの街に宿泊し、明日の朝に出発してファス村に戻ることを決めた。ゴンゾウが前を歩き、そのあとを狼車に乗ったレイトが進み、ゴレムの街を探索する。

「宿屋は空《あ》いてるかな……さっきの冒険者ギルドの宿舎に泊めてもらえば良かったか」

「いや、さすがに、その馬車は預かってはくれないだろう。この先に大きな宿屋がある。そこで一泊しよう」

「分かった。まだやってるかな？」

「問題はない。今から向かう宿は、この時間帯でも店は閉めていない……ん？　なんの騒《さわ》ぎだ？」

「ウォンッ？」

街中を移動中、ゴンゾウの道案内に従っていると、二人は前方に人混みができていることに気づく。

何事かと狼車から降り、レイトは人混みを覗《のぞ》き込む。身長が高いゴンゾウが、人混みの中心の光景に視線を向けて呟く。

「あれは……!?」

「どうしたの？」

「男だ。裸になった男が倒れている」

「はっ？」

呆気《あっけ》に取られるレイトにゴンゾウが手を伸ばして、自分の肩の上に乗せる。

「見てくれ」

「うわっ!?」

おかげで、レイトも人混みの様子を確認できるようになった。

ゴンゾウの言葉通り、人混みの中心には裸の男が倒れていた。異様にやせ細っており、辛《かろ》うじて生きているといった感じだった。その男は周囲の人に抱き起こされていた。

「うわっとと……本当だ。たしかに裸で倒れてる……」

「なんでなんだ？」

「ほかの人に聞いてみようか……すみません、何が起きたんですか？」

ゴンゾウから飛び降りたレイトは、周囲にいた人に尋ねる。彼らは、近所に住んでいる住民なのか、全員寝間着《ねまき》姿だった。

レイトの質問に、やじうま達が口々に答える。

「俺達も分からねえよ。急にでかい声が聞こえて外に出たら、あの爺《じい》さんが倒れてたんだ」

「いや、爺さんじゃないぞ。やせ細ってはいるが、顔は若い」

「え、あれ、爺さんじゃないのか？」

「いったい何なんのかしら……うるさくて眠れないわ」

外に出ていた住民達も、状況を理解していないらしい。分かっていることは、街道《かいどう》にやせ細った男が倒れているということだけ。

レイトとゴンゾウは、男のもとまで移動する。ゴンゾウが男に声をかける。

「おい、しっかりしろあんた‼」

「あ、ううっ……」

「だめだ……意識はあるけど、しゃべれそうにないな」

裸の男は住民に毛布をかけられ、水を与えられていた。

しかし、身体を動かすことも難しい状態で、必死に口を動かしているだけ。このままでは危険なことは間違いない。

レイトはアイリスに交信する。

『アイリス』

『その男の人は全身の精気《せいき》、というよりは魔力が抜けきった状態ですね。回復魔法を施《ほどこ》せば回復できますよ』

『分かった』

周りの人々は弱っていく男を前にどうすべきか分からず、困っている様子だった。レイトは彼らに話しかける。

「ちょっといいですか？　その人に回復魔法をかけたいんですけど……」

「え？　あんたは回復魔導士かっ⁉」

「ちょっと違うんですけど……『回復強化』」

「っ……⁉」

レイトが手をかざして回復の補助魔法を、男に施した瞬間——彼の肉体は膨れ上がり、年齢相応の若々しい身体つきに変化する。

髪の毛は白髪のままだったが、しゃべれるまでに回復したようで、男は声を上げる。

「う、あっ……う、動く？　僕の身体が動くぞっ‼」

「もう大丈夫ですよ」

「た、助かった……ありがとう」

「おおっ……さすがだな」

男は、毛布を押さえたまま立ち上がる。

レイトが何が起きたのか尋ねる前に、男はすぐそばの裏路地《うらろじ》に駆け出してしまった。周囲の人達も呆然としている。

彼が裏路地に入ると、怒声が響き渡る。

「あ、ああっ‼　くそ、やっぱりあの女ぁっ‼　僕の服も金も武器も、全部盗《ぬす》みやがった‼」

「えっ？」

再び、男は街道に戻ってくる。

「な、なあっ‼　あんたらこの近くで、金髪のでかい胸と尻の女を見かけなかったか？　森人族《エルフ》じゃない人間の女だよっ‼　見たのなら教えてくれっ‼」

「え、いや……」

「見たか？　お前……」

「見てねえよ……というか、金髪の人間なんて森人族《エルフ》以外に滅多にいないだろ」

周囲の人々は顔を見合わせるが、誰一人として、彼の語る女に心当たりはなかった。男は落胆した表情を浮かべて膝をつく。

レイトは恐る恐る、男に尋ねる。

「な、何があったんですか？」

「くそ、物盗《ものと》りだよっ‼　女が現れて、僕の装備を全部盗んだんだ‼」

「強盗《ごうとう》か⁉　何をされた？」

「うおっ⁉」

レイトに続いてゴンゾウが尋ねると、男は腰を抜かしてしまった。巨人族《ジャイアント》に覗き込まれて驚いたらしい。

すぐに男は、気を取り直して語り始める。

「いや……その、強盗というか……正直に言うと騙《だま》されたんだよ。酒場にいい女がいるから話しかけたら、意外と簡単に誘いに乗ってくれてよ。それで、行きつけの裏宿《うらやど》に向かう途中で襲われたんだ」

「裏宿？」

レイトがそう口にすると、周囲の大人達が慌て出す。

「ちょ、なんてことを言ってんだよ、お前⁉　まだこの兄ちゃんは未成年だぞっ⁉」

「俺も未成年だが……」

「「「えっ⁉」」」

大人達が、「未成年」と発言したゴンゾウを見て驚愕する。

レイトが「裏宿」の意味をなんとなく想像していると、アイリスが交信してくる。

『裏宿とは、この世界の娼館《しょうかん》のことですね。各種族の男性の好みに合わせて、すべての種族の娼婦《しょうふ》が存在しているようです。女性向けの裏宿もありますけど、圧倒的に男性向けが多いですね。それと、お金さえ支払えば、部屋だけ借りることもできます。料金は、普通の宿よりは安いですけど、一人では宿泊できません』

『そうなのか……ということはこの人は』

『女性を誘って裏宿に向かう途中で気絶《きぜつ》させられ、装備品を奪われたのです……だけど、女性のほうから先に仕掛けたようですね』

『え？　どういうこと？』

『この人は、自分が誘ったと思い込んでますけど、実は女性は最初から彼を狙っていて、自分を誘うように誘導したんです。相手の女性は、どうやらサキュバスのようですね』

『サキュバス……淫魔《いんま》？』

『お、さすがは、ゲームや漫画好きの元男子高校生！　そっちの知識も豊富ですね』

『やかましいわっ』

『ちなみにこの世界のサキュバスは、女性の吸血鬼《ヴァンパイア》に限定されます。つまり、サキュバスと吸血鬼《ヴァンパイア》は同一の種族として扱われているんです』

『へえ、じゃあ、ゲインが女だったら、サキュバスだったのか』

サキュバスの外見《がいけん》は人間に酷似《こくじ》しており、同種族以外の生物を「魅了《みりょう》」する能力を持っているという。

彼女達は、人の精気・魔力を吸収する性質がある。

サキュバスは生きるだけなら食事のみで十分なのだが、人間の男性、特に若い男の精気を好んで奪うという。

倒れていた男はこの街の冒険者で、年齢は十代後半の魔術師。

彼を襲ったサキュバスは、彼の装備と肉体を狙い、裏路地に誘い込んで襲撃。その後、見つかる前に立ち去ったようだ。

レイトのおかげで一命を取り留《と》めたものの、彼は魔術師の命とも言える大切な杖を奪われ、非常に落ち込んでいた。

「くそうっ……せっかく買った抗魔《こうま》の杖《つえ》が……あれを買うのに僕は一年も頑張ったのに……」

「兄ちゃん、何が起きたのかは知らないが、今日は家に帰りな。そんな格好で歩いていると警備《けいび》兵に捕まるぞ？」

「畜生《ちくしょう》……ううっ……」

「あ、待ってください！」

男が落ち込んだ様子で立ち去ろうとしたとき、レイトは彼を引き留めた。ゴンゾウはレイトを見て、不思議そうな表情を浮かべる。

レイトはアイリスと交信して尋ねる。

『この人を騙したサキュバスはどこにいる？』

『捕まえるんですか？　まあレイトさんなら問題ないでしょうけど……サキュバスは堂々と男性がいた酒場に戻ってますね。一仕事を終えて飲み直すつもりです』

『その油断が命取りだ。ちなみに、この人はお金持ってるかな？』

『階級はBランクですね。口は悪いですけど、実力はたしかです』

『なら、貸しを作るのも悪くはないな』

レイトは男の装備品を取り戻すため、サキュバスを捕まえることに決めた。レイトは、男に尋ねる。

「そのサキュバスを捕まえたら、お礼として今晩の宿代を奢《おご》ってくれますか？」

「えっ⁉　あいつを捕まえてくれるのか？」

「大丈夫なのか、レイト？」

心配するゴンゾウに、レイトは自信ありげに告げる。

「なんとかなると思うよ。俺、実は『捜索《そうさく》』のスキルを持っているから」

男がレイトにすがりつくように言う。

「わ、分かった‼　捕まえてくれるならなんでもするよ‼　頼む、あいつから僕の杖だけでも取り返してくれよっ‼」

「あ、じゃあ、先に名前を教えてくれますか？」

「ダインだ。頼むから、あの泥棒女を捕まえてくれっ‼」

ダインと名乗った冒険者にレイトは頷《うなず》き、彼に報酬の件を約束させる。

ちなみに「捜索」とは、一時的に洞察力や観察力を高めるスキルで、どちらかというと推理力《すいりりょく》を高める能力である。

優《すぐ》れたスキルだが、レイトの場合はそれを発動しなくとも、相手の正確な位置を教えてくれる存在がいる。

『サキュバスは北の酒場に向けて移動中です。レイトさんならすぐに追いつけますよ』

『分かった。サキュバスの能力は？』

『相手の身体に触れることで虜《とりこ》にします。洗脳《せんのう》に近い能力なのでうかつに近づいたらだめですよ』

アイリスからサキュバスの位置と能力を聞き出したレイト。

その後、彼はダインを狼車に乗せてゴンゾウに彼を任せた。ダインはまだ完全には回復していないようなので、食料と飲料水も渡しておいた。

サキュバスを追いかけるため、レイトは「跳躍」を発動して、建物の上を飛ぶ。

「『筋力強化』‼」

補助魔法で身体能力を上昇させ、さらに魔法腕輪《マジックリング》を発動して効果を高める。

アイリスにサキュバスの現在地を確認しながら移動していると、人通りの少ない路地を歩く金髪の女性を発見した。

レイトは屋根の上を飛びつつ、暗殺者のスキル「隠密《おんみつ》」「気配遮断《しゃだん》」「無音歩行《むおんほこう》」を発動して、その女性の様子をうかがった。

「単純な男ね。おかげでこんなに儲《もう》けちゃった」

嬉《うれ》しそうにそう呟く女性は、小袋と杖を持っていた。それを確認したレイトは、ダインを襲ったサキュバスで間違いないと確信する。

奪った服は途中で捨ててしまったのか、持っていないようだった。

レイトは、女の背後から奇襲《きしゅう》を仕掛けることに決め、アイリスに交信する。

『こいつは賞金首？』

『いえ、ただの小悪党です。お金に困ったときだけ男性を相手に、お金と持ち物を奪います』

『なら、警備兵に突き出すだけでいいか』

レイトは静かにサキュバスの背後に降り立つと、鼻歌を歌いながら前を歩く彼女に向かって手を構える。

魔人族《デーモン》ということで、普通の人間よりも優れた身体能力を持っているはず。レイトは油断せずに戦技を発動させる。

勢いよく地面を両足で踏み込み、足の裏から足首、膝、股関節《こかんせつ》、腹部、胸、肩、肘《ひじ》、腕の順番に部位を回転及《およ》び加速させ、拳を撃ち込んだ。

「『弾撃《だんげき》』‼」

「っ⁉」

驚愕の表情を浮かべて振り返ったサキュバスは避《よ》けることもできず、背中に一撃が叩き込まれる。サキュバスは前方に吹き飛ばされ、派手に転倒してしまう。

「いったぁああいっ⁉」

「あれ、意外と頑丈《がんじょう》だな」

「だ、誰よあんた‼　あ、でも、私好みの可愛い男の子」

サキュバスは背中を強打されたにもかかわらず、負傷《ふしょう》した様子はなかった。それどころか、レイトの顔を見て、嬉しそうにしている。

やはり、魔人族《デーモン》に手加減してはいけない。そう判断したレイトは、さらに両拳を身構える。

一方、サキュバスは笑みを深めていた。

「すごいわね……さっきまで気づかなかったけど、とてつもない魔力を持っているわ……ああ、たまらないわぁっ」

「あの……とりあえず、ダインさんのお金と杖を返してくれませんかね」

レイトを見ながら、なぜか脚をもじもじとさせるサキュバス。だが、レイトの狙いが自分の持っている小袋と杖だと分かると、不満そうに頬を膨らませる。

「むうっ……さっきの男に雇われたのね？　それなら話は別よ‼　ここであなたを倒して、ついでにお金と身体もいただくわ」

「え～！　俺の好みは少し年下の女性なんですけど」

「むかぁっ‼　年上のほうが優《やさ》しいし、リードもしてあげられるんだから‼　年上の魅力《みりょく》を教えてあげるっ‼」

「それは楽しみですね。だけど、そろそろ本気で拘束《こうそく》します」

サキュバスの能力は、じかに身体に触れられると発動する——それはすでに聞かされていたため、レイトは触れられないように、相手を拘束する方法を考えてあった。

レイトは収納魔法を発動し、ファス村で回収しておいた魔獣用の鎖《くさり》を取り出す。

「これでよし……上手くいくかな」

「収納魔法？　変わった魔法を扱うのね……でも、そんな安物の金属の鎖でお姉さんをどうする気かしら？　拘束プレイがお望み？」

「そういう趣味はないです」

鎖を取り出したレイトに、サキュバスは馬鹿にしたような笑みを向ける。

サキュバスは、魔法金属製の鎖ならばともかく、普通の金属の鎖で自分を拘束できるはずがないと思っていた。

しかし、レイトの鎖は、錬金術で元いた世界最強の金属に変換されている。

「てりゃ～」

「何、その気の抜ける掛け声……しかも、全然届いてないんだけど」

レイトはサキュバスに向けて鎖を投擲するが、彼女の位置に届く前に地面に落ちてしまう。

その光景に、サキュバスは苦笑《にがわら》いを浮かべるが——すぐに地面に落ちている鎖が蛇《へび》のように動いていることに気づく。

「はい、引っかかった‼」

「きゃああああっ⁉」

錬金術師の「形状変化」と「金属変換」の能力を同時に発動し、レイトは腕に巻きつけていた鎖を操作《そうさ》して、サキュバスの脚に絡みつかせる。

彼女は引き剥がそうとしたが、鋼鉄以上の硬度《こうど》に上昇させてある鎖は簡単には壊せない。

「な、何よこれ⁉　魔道具⁉」

「せぇのっ‼」

「きゃんっ⁉」

意外に可愛らしい悲鳴を上げて、サキュバスが倒れた。

レイトは鎖を引き寄せる。

安物の鎖だろうと、彼の能力を発動すれば頑丈な金属の鎖に変換できるのだ。サキュバスは全身を縛《しば》りつけられ、逃げ出すことはできなかった。

「杖と袋は返してもらうよ」

「こ、このぉっ……‼」

動けなくなったサキュバスから、レイトは袋と杖を回収する。

サキュバスは悔しそうに歯を噛《か》んでいる。そのとき、路地の異変に気づいたのか、街道から複数の人がやって来た。

「おい、なんの騒ぎだ……うおっ⁉」

「なんだなんだ⁉　ガキと女の拘束プレイか⁉」

「マニアックだな……」

集まった男達は間違った解釈《かいしゃく》をして声を上げる。

「いや、ちがっ……」

「た、助けて‼　私、この子に襲われてるのっ‼」

否定しようとしたレイトを遮るように、サキュバスが彼らに助けを求める。

その言葉を聞いた瞬間、男達はサキュバスとレイトを見比べ、すぐにサキュバスの味方についた。男達がレイトを睨みつけて告げる。

「このガキ、その年齢で女を襲おうとはいい度胸《どきょう》だな‼」

「へっ、待ってろよ、お姉さん。今、俺達が助けてやるぜっ‼」

「動くなよ、ガキ‼」

妙な展開になってしまい、頭を抱《かか》えるレイト。

「あら……しょうがないな」

「ふっ、ふんっ‼　どうするつもり？　まさか冒険者が一般人を相手に手を出すなんてしないでしょっ⁉」

サキュバスは拘束された状態のまま、笑みを浮かべる。

冒険者が一般人に暴行を加えることは許されず、それが発覚した場合は冒険者の証を剥奪されてしまう。そのことを知っているサキュバスは余裕を見せていたが……

レイトはなんのためらいもなく、一般人に向けて魔法を発動させた。

「『氷塊』」

「「「うわぁあああっ⁉」」」

「ええっ⁉　躊躇《ちゅうちょ》なし⁉」

男達とサキュバスは驚いていたが、レイトが生み出したのは氷の壁だった。裏路地に入り込もうとした男達を遮る、壁を作り上げたのだ。

これで、男達は侵入《しんにゅう》できない。その隙に、レイトはサキュバスを引き寄せ、そのまま背《せ》負《お》って走り出す。

「警備兵に突き出してやる」

「ちょ、待って⁉　それだけは……」

サキュバスが怯えてそう言うと、アイリスから交信が入る。

『あ、サキュバスの弱点は聖属性の魔法ですよ』

だった。


「なるほど、『回復強化』」

「にぎゃあああっ⁉」

それでサキュバスは意識を失ったかのように、動かなくなった。

その間に、レイトは「跳躍」スキルで屋根伝いに飛び回り、ダインのもとに戻るのだった。

戻ってきたレイトは、ダインに取り返した杖と金が入った小袋を差し出し、騒ぎを聞きつけてやって来た警備兵にはサキュバスを引き渡した。

その際、サキュバスは抵抗したが、鎖が外れることはなかった。サキュバスはその状態のまま、女性の警備兵によって移送されていく。

ダインが感激《かんげき》したように、レイトにお礼を言ってくる。

「いや、本当に助かったよ‼　これがないと、僕は明日から路頭《ろとう》に迷うところだった‼」

「いえいえ……衣服のほうは取り返せなくてすみません」

「ああ……まあ、別に気にしなくていい。杖とお金だけでも取り返してくれてありがとうな」

「ウォンッ‼」

トラブルが解決したのが分かったのか、ウルも嬉しそうに声を上げた。

その後、ダインはレイト達を自分が宿泊している宿屋に案内してくれた。

高ランク冒険者だけあって、ダインが宿泊していたのは、この街一番の宿屋だった。今日のところは、レイトとゴンゾウは彼のお金で宿泊することになった。

ダインが改めて名乗る。

「僕は闇魔導士のダインだ。もし僕の力が借りたいときは、このゴレムの街のギルドに訪ねてくれよ。言っておくが、僕は腕利きの魔術師だぜ？」

「なのに、サキュバスに捕まったんですか？」

「う、うるさいな‼　あんなのどうしようもないだろ⁉　男が巨乳に惹《ひ》かれるのは仕方ないだろうが」

そんなこんなで、レイトは自称ゴレムの街一番の魔術師ダインと知り合い、一応、お互いの住所を教え合った。

ちなみに、闇魔導士というのは非常に希少《きしょう》な職業で、闇属性の魔法に特化した魔法使いである。

アイリスによると、闇魔導士だけが扱える「影魔法《かげまほう》」と呼ばれる特別な魔法があり、ダインはその使い手らしかった。

2

ゴレムの街で一晩過ごし、朝からレイトは狼車でファス村に戻った。

コトミンはすでに川の中で待っていた。戻ってきたレイトとウルを、彼女はいつものように淡々《たんたん》と迎える。

「お帰り」

「ただいま……あれ、今日の服はすごいね」

「人前に出るときはこれを着る」

コトミンの服は、スクール水着のような水服ではなく——露出《ろしゅつ》が非常に多いものだった。

彼女によると、人魚族は薄着でなければ生きていけないらしい。というのも、人魚族は身体の熱を放出しなければならないためとのこと。水服は特別な素材なので問題ないが、人間用の衣服を着るときはこんな感じになってしまうようだ。

グラビアアイドルのような体型のコトミンが薄着で接してくるため、レイトとしては目のやり場に困ってしまった。

レイトはコトミンに許可をもらい、彼女が着ていた水服を調《しら》べさせてもらう。

「これは、なんの素材でできているの？」

「水服は主に水竜《すいりゅう》の皮膚《ひふ》から作られている。それは、私のお母さんが子供の頃に着ていた水服だけど、胸がちょっと苦しい……」

「なるほど……街で売ってるの？」

「人気があるから、人間の街でも普通に販売してる。だけど値段が高くて、貴族やお金に余裕がある冒険者くらいしか購入しない」

「そういうことか……『裁縫』のスキルでは再現できないな」

コトミンが街に赴くたびにこんな服装をされては、いろいろ危険だ。そう心配したレイトは、彼女のために服を作れないか考えたが、それは難しそうだった。

「でもその水服……そんなに高いなら、あまりたくさん所有できないよね」

「うん。お金がないときは、スライムに協力してもらって衣服に擬態させてる。私達の種族はスライムと仲良しだから、水服の代わりにスライムを自分の身にまとわせて服の代わりにもできる」

「え、スライム？」

そこへ、アイリスが助言してくる。

『スライムと人魚族は共生関係にあります。もし、スライムに興味があるのなら、生息場所を教えましょうか？』

「へえ……ちょっと見てみたいな」

コトミンとアイリスの話を聞いて、レイトはスライムに興味を抱いた。

そんなわけで彼はアイリスの情報を頼りに、スライムが生息する地域へ向かうことにしたのだった。

◆　◆　◆

狼車に乗って草原を進むレイト達一行。狼車には水の入った大きな壺が積んであり、その中にコトミンが入っていた。

周囲を見回しながらレイトは、アイリスと交信する。

『スライムはどんな場所にいるの？』

『基本的には、水辺に生息してますよ。人に害は与えませんけど、捕まえるときは優しくやってくださいね』

『分かったよ』

しばらく狼車で進んでいると、川沿《ぞ》いで青い液体状の生物を発見する。その生物は一体だけいて、ボールのように跳《は》ねながら移動していた。

レイトはコトミンに話しかける。

「あれがスライムか？　思ってたよりずっと可愛いな」

「近づいてみる？」

レイト達は狼車から降り、スライムを刺激しないように近づいていく。

スライムの主食は液体で、特に蜂蜜《はちみつ》のような甘い液体を好むらしい。二人は砂糖水を手に、スライムに接近していった。

レイトはスライムを誘い出すべく、声をかける。

「ス、スライムさ～ん。こっちの蜜は甘いよ～」

「ぷるぷる？」

「うわ、本当にぷるぷる言ってる……擬音《ぎおん》じゃないのか」

「レイト、スライムは頭がいい。だから私達の言葉も理解している」

コトミンに言われ、レイトは驚く。

「嘘でしょ⁉　ゴブリンより頭いいの⁉」

「ぷるるんっ‼」

スライムは「ゴブリンなんかと一緒にするな」とばかりに身体を震わせた。

レイトがスライムを刺激しないように慎重に砂糖水が入ったコップを差し出すと、スライムは警戒気味に接近し、コップから垂れる液体を飲んだ。

「ぷるぷるっ……」

「おおっ……嬉しそう」

「触《さわ》っても大丈夫かな？　指を溶かされたりしない？」

「ぷるぷる」

「そんなことしないと言ってる」

コトミンからそう言われたものの、レイトは恐る恐る人差し指で、スライムの表面に触れてみた。触り心地《ごこち》はシリコンのような感じだった。

続いて、スライムを持ち上げる。

「おっ……逃げない、懐《なつ》いてくれたのかな」

「ぷるぷるっ」

「敵じゃないことは分かったみたい」

「クゥ〜ンッ」

スライムを抱えるレイトを、ウルが興味深そうに見ている。そのことに気づいたレイトは、ウルにスライムを差し出す。

すると、ウルはスライムを舐め出した。

「ペロペロッ……」

「ぷるぷるぷるっ」

「くすぐったいらしい」

コトミンがスライムの言葉を翻訳《ほんやく》してくれる。

「感覚あるの？　いやまあ、知能がある時点でおかしくはないか……ウル、食べ物じゃないぞ」

「ウォンッ」

ウルはスライムを気に入ったのか、顔をスライムの身体に埋《うず》めていた。

スライムのほうもウルが好きになったみたいで、彼の頭に移動する。形状を自由に変化できるらしく、ウルの頭から落ちないように触手《しょくしゅ》を生み出し、首輪《くびわ》のようにしてウルの首に巻きついた。

「スライムに名前をつけないとな……スラミンにしよう」

「その名前、気に入ってるの？　でも、可愛いからいいと思う」

「ぷるぷるっ……」

「気に入ったみたい」

勝手に名づけられたにもかかわらず、スライムは嬉しそうにぷるぷると震えた。

レイトは、スラミンに今回捕獲した目的を伝える。

「スラミン、お前には擬態能力があるだろ？　コトミンに張りついて人間の服にとかもできるんだよな？」

スライムは戦闘能力が皆無《かいむ》だが、擬態能力を持っている。人魚族はこのスライムの擬態能力を利用し、衣服の代わりに素肌に張りつけ、熱を吸収してもらっているらしい。

スラミンは頷くと、コトミンの胸元に飛び込んだ。

コトミンがスラミンを抱きかかえると、スラミンはそのまま溶けて、彼女の身体全体を包み込んだ。

「あんっ……ちょっとくすぐったい」

「何か、やばい光景だな」

『良い子には見せられませんね』

「ウォンッ？」

アイリスのコメントはさておき、コトミンの身体全体に広がったスラミンは変色し、形状を変化させていく。数秒後には、コトミンの服はレイトが身に着けている物とまったく同じになった。

レイトは驚き、声を上げる。

「おおっ……本当に変化した。すごいぞ、スラミン」

「………」

「あ、その状態だと話せないのか」

今は男性用の服だが、普通の格好である。この姿ならコトミンが人里も歩いても、トラブルを起こさずに済みそうだ。

「良かったな、コトミン。これで普通に街に入れるよ」

「んっ、これでレイトと一緒にいられる」

「あ、だけど、スラミンはこの状態だと砂糖水をどう与えればいいんだろう？　身体に振りかけるわけにはいかないし」

「大丈夫、肩を見て」

レイトは、コトミンの肩に視線を向ける。

すると、服の一部が変化し、手に収まるほどの小さなスラミンが現れた。コトミンの肩に乗っているようだが、実際は服の一部がスライムに戻っているだけらしい。

「ぷるぷる……」

「あ、この状態でも話せるのか……それにしても小っちゃくなったな」

「これなら砂糖水も与えられる。ほら、飲んで」

「ぷるるっ」

肩に乗った小さなスラミンが砂糖水を味わい、満足げに頷く。

いつの間にか口と目まででき、魔法少女のマスコットキャラクターのような姿に変化していた。

「こいつ可愛いな。砂糖水以外に何か食べるかな」

「あんまり与えすぎるのはだめ。でも、この子のおかげで私も身体を冷やせる」

「クゥ〜ンッ」

なぜか、ウルが寂しそうにしている。

「どうした、ウル。別にお前のポジションがスラミンに奪われたわけじゃないぞ？」

「ウォンッ‼」

ともかくこうして無事にスライムを手懐《てなず》けることに成功し、レイト達はファス村に向けて狼車を走らせるのだった。


スライムは人間に害を与えない、食費もかからないということから、ペットとして人気がある。スラミンはコトミンの肩に分体を作り出し、楽しそうに鳴き声を上げていた。

「ぷるるっ、ぷるんっ」

「レイト、私も働く。この子を立派に育ててみせる」

狼車に揺られながら、コトミンがそんなことを言い出した。

「働くって、コトミンは何か仕事したことがあるの？」

「漁師ならある。魚を捕まえて漁師に渡していた。二、三回ぐらい魚と間違われて投網《とあみ》に引っかかって解雇《かいこ》されたけど」

「だめじゃん！　でも、仕事をするとしても大丈夫なの？　陸上生活はきついんでしょ？」

「この子がいるから問題ない。それに魔法も使える。水の精霊魔法」

レイトは「精霊魔法」と聞いて、幼少期彼の養育係だった森人族《エルフ》のアリアを思い出した。

ある日、彼が屋根から落ちたときに、アリアが精霊魔法で助けてくれたのだ。

コトミンの話では、人魚族も森人族《エルフ》同様に精霊魔法を扱えるらしい。彼女の場合は、水を操《あやつ》る魔法が得意とのことだった。

「水があれば、私は無敵……役に立つ」

「そう言われてもね……ほかに得意なことは？」

「泳ぐのが得意」

「下手《へた》だったら人魚族として致命的《ちめいてき》だよね」

「魚を捕まえるのが得意」

「あ～……まあ、それは地味にすごいかも」

「あとは……おっぱいが大きい」

「それ、身体的特徴じゃん」

胸を張ってそう言うコトミンに呆れながらも、彼女にできそうな仕事がないか、レイトは真剣に考える。コトミンはこの世界で初めてできた女友達で、できれば希望を叶えてあげたいと思ったのだ。

しかし簡単には思いつかず、レイトはコトミンに尋ねる。

「コトミンはほかに何かできないの？　回復薬を生み出したりとか……」

「そういう能力は持ってない」

「そうか……冒険者はちょっと無理そうだな」

結局、良い案は出ず、その間に狼車はファス村に到着するのだった。

◆
◆
◆

ファス村の広場には、額に角《つの》が生《は》えた白馬がおり、そのそばに森人族《エルフ》の王女ティナがいた。周囲に護衛はいない。

背に弓矢だけを抱えたティナは、レイト達を笑顔で迎える。

「あ～、ウルちゃん‼　やっと見つけたぁっ‼」

「ウォンッ⁉」

ティナはウルに抱きつくと、ウルの毛皮を堪能《たんのう》した。

「あ、ティナ王女様さん・・・」

「そ、その呼び方はやめてよ～」

レイトはコトミンとともに狼車から降りると、ティナに尋ねる。

「どうして、ティナ様がここに？」

「だからティナでいいよ～。今日はほかの人はいないし、大丈夫だよ」

「あ、そうか。それなら、ティナはどうして一人でここに？」

レイトの質問に対し、ティナは頬を膨らませる。

「もう、レイト君がいつ行っても冒険者ギルドにいないから、ギルドマスターの人に聞いて、ここまで来たんだよ‼」

「クゥ～ンッ」

たしかにレイトは、ティナに冒険者ギルドを訪ねるように伝えた。

それで、ティナは何度もギルドを訪れていたらしい。毎回、レイトとウルが不在のため、我慢できずにギルドマスターのバルを問い詰め、初めてレイトと会った場所でもある、ここにたどり着いたとのことだった。

さらにティナは護衛を振りきり、愛馬として可愛がっているユニコーンを連れて、ここまで来たようだ。

「もう、大変だったよ。五階建ての宿屋の窓からロープを使って下りたあと、馬小屋に忍《しの》び込んでユニちゃんに乗ってきたんだから」

「ユニちゃん？」

「あ、私のペットのこの子のことだよ。ユニコーンだからユニちゃんなの」

コトミンがユニコーンのユニに近づくと、ユニは頭を下げてコトミンの胸に顔を埋めた。

「……よろしく」

「ブルルンッ」

その光景を見たレイトは、ユニコーンが純潔《じゅんけつ》の乙女《おとめ》だけに懐くという伝説を思い出す。

こちらの世界のユニコーンに当てはまるかは不明だが、少なくとも目の前のユニはコトミンに懐いていた。

ティナが呑気《のんき》に声を上げる。

「ウルちゃんはやっぱりふさふさだね～」

「ウォンッ……」

「そんなに嫌がるなよ、ウル……あとで干《ほ》し肉あげるから我慢しろ」

レイトはため息を吐き出し、婚約者だと言っていた嫉妬《しっと》深いライコフが、ティナのこの行動を見たらどのような反応をするか、不安を覚えた。

レイトは念のため、アイリスに交信する。

『アイリス、ティナがファス村に来たんだけど……護衛はどうしてる？』

『そんなことよりまずいですよ。この王女、自分が尾行《びこう》されていることに気づかずにここまで来たんです。もうすでに村に向けて魔物使いが、使役《しえき》した契約獣を放ってますよ！』

『えっ……』

『北の方角からこちらに向けて、サイクロプスが近づいています‼　ミノタウロスと同格の、レベル４の魔物です‼』

アイリスの返答にレイトは驚き、交信を終える。

そして、すぐに「跳躍」スキルを発動させて上空に飛ぶ。周囲をうかがうと、たしかに北から近づいてくる砂煙《すなけむり》があった。

前回のマモウと比べると小さいが、それでもオークを上回《うわまわ》る体格だ。

その人型の魔物――サイクロプスが、レイトが作った堀と土壁を飛び越え、あっという間にファス村に侵入してくる。

「キュロロロロロッ‼」

「うわっ⁉」

「えっ⁉」

「っ⁉」

皆が驚いて身を強張《こわば》らせる。レイトはすぐさま地上に戻り、大剣を構えた。

サイクロプスは、全身が青色の鱗で覆われた巨人。特徴的なのは一つ目である。体長は三メートルを超え、両手と両足に刃物のように研《と》ぎ澄《す》まされた爪を持っていた。

ティナとコトミンは、何が起きているのか理解できないといった表情を浮かべていたが、ウルとユニは危険を感じ取って戦闘態勢に入る。

「ガアアアッ‼」

「ヒヒィンッ‼」

ウルとユニが、ティナとコトミンの前に立った。目を血走らせたサイクロプスが、ゴリラのように胸を叩く。

「キュロロロロッ‼」

レイトが退魔刀を構えると、アイリスの声が脳内に走る。

『レイトさん、例の鎖を使ってください‼　あのサキュバスを捕まえた方法で拘束するんですよ‼』

「鎖……そうか‼」

彼はすぐに収納魔法を発動し、鎖を取り出す。

そして、錬金術師の能力「金属変換」で耐久性《たいきゅうせい》を上昇させ、「形状変化」で鎖を操作する。

そのまま、サイクロプスの肉体に鎖を走らせ、行動に移す前に全身を拘束した。

「物理的にゲットだぜっ‼」

「キュロロロッ⁉」

レイトは鎖を手放さないように、強く握りしめる。

鎖でサイクロプスを拘束することには成功したが、サイクロプスは力ずくで引き剥がそうと両腕に力を込める。

それによって、逆にレイトが引き寄せられてしまった。

「キュロロロロッ⁉」

「うわっ⁉」

「あ、レイト君⁉」

ティナが心配して声を上げる。

とっさに彼は「筋力強化」を発動して身体能力を上昇させるが、それでもサイクロプスの力のほうが勝り、徐々に引っ張られる。

「ぐぎぎっ」

ティナとコトミンが動き出し、レイトが引き寄せられないように、レイトの身体を抱き寄せた。

「負けないっ」

「いっせぇのっ‼」

二人はレイトに身体を密着《みっちゃく》させる。必然的に二人の豊満《ほうまん》な胸が押しつけられるが、今のレイトにそんなことを気にしている余裕はない。

「うわっ⁉」

「キュロロッ⁉」

二人とも女性にしては腕力があるのか、サイクロプスの動きが止まった。

鎖で全身を拘束された状態で、動かなくなったサイクロプス。互いに鎖を引っ張り合う形となったところで、ウルとユニが同時に動き出す。

「ウォンッ‼」

「ヒヒィンッ‼」

サイクロプスに二頭が飛び乗り、その巨体を押し倒した。

「キュロロロッ⁉」

レベル4の危険度を誇《ほこ》るサイクロプスといえど、全身を拘束され、二頭の魔獣に圧し掛かられては耐えきれなかったようだ。

サイクロプスは、そのまま地面に倒れ伏した。

レイトは安堵の息を吐き、ティナとコトミンも安心したようだ。二人はレイトの両腕に抱きついたまま、サイクロプスの様子をうかがっている。

レイトは、ウルとユニの下敷《したじ》きになった巨体の顔を覗き込む。

「助かった。それにしても、こいつがサイクロプスなのか」

「さいくろぷす？　へぇ～……私の住んでいた国では見かけない魔物だね」

「私の家の近くに棲《す》んでいたから知ってる。正確には魔物じゃなくて魔人族《デーモン》。でも、サイクロプスは滅多に人間を襲わない温厚《おんこう》な種族なのに……」

ティナに続いて、コトミンが言ったことにレイトは首を傾げる。

「こいつが温厚って……でも、様子がおかしいな」

「キュロロロロッ……‼」

サイクロプスは充血した一つ目でレイトを睨みつけた。それを見たティナとコトミンは、レイトの後ろに隠れる。

すると、アイリスが交信してくる。

『そのサイクロプスは操られているだけです。近くにいる魔物使いの術者を捕まえて、契《けい》約紋《やくもん》を解除《かいじょ》すれば、正気《しょうき》を取り戻しますよ』

『そうすれば、襲ってこないの？』

『サイクロプスは魔人族《デーモン》の中でも心優しい種族です。本来は滅多にほかの生物を襲うことはありませんよ』

『魔人族《デーモン》も魔物使いに操られるんだな。ともかく分かったよ。で、その魔物使いはどこにいる？』

『ここから南東の方角にある、岩の後ろに隠れています』

アイリスから魔物使いの居場所を聞き出したレイトは、すぐに魔物使いを捕まえるために行動に移す。

レイトは軽く準備体操し、ウルとユニに声をかける。

「ウル、それとユニ……そのままサイクロプスを押さえてて。俺はこいつを操っている魔物使いを捕まえてくる」

「え？　魔物使い？」

「ティナも、それにコトミンも一緒に見張っててね」

「んっ」

すぐにレイトは「跳躍」を発動すると、土壁を乗り越えて南東の草原へ飛んだ。

普通に走るよりも、「跳躍」で低空を跳ね続けたほうが速いため、そのようにして魔物使いがいる場所まで一気に向かう。

「そこか‼」

「な、なんだと⁉　どうして分かった⁉」

岩陰に隠れていたのは、人間の中年男性だった。冒険者の格好をしているが、サイクロプスを操作していた魔物使いで間違いない。

レイトは手を前に出し、先日に覚えたばかりの初級魔法を発動する。

「『光球』‼」

「ぎゃああっ⁉」

「光球」は辺りを照らすだけの魔法だが——レイトの放ったそれは、強烈《きょうれつ》な光を発していた。「光球」は光量を操れるため、このように視界を奪う使い方もできるのだ。

「このっ‼」

「ぐはぁっ⁉」

強い光によって困惑する男に、レイトは飛び蹴《げ》りを放った。気絶させると契約獣の解除はできなくなるため、意識を失わないように手加減してある。

倒れた魔物使いの胸《むな》ぐらをつかむと、レイトは言い放つ。

「サイクロプスを解放しろ‼　断ればどうなるか分かるな？」

「わ、分かった。解放するから命だけは助けてくれぇっ」

魔物使いの男は情けない悲鳴を上げると、呆気なく降伏《こうふく》するのだった。

レイトは、彼を引きずりながら村に戻った。

そのまますぐに、サイクロプスの契約を解除させる。契約紋を解除するには、魔物使いを殺すか、契約した本人に解除させる必要がある。

契約紋が消失すると、サイクロプスは途端《とたん》に大人しくなった。

「キュロロロロッ……」

「うわっ……急に人懐《ひとなつ》っこくなったな」

サイクロプスはすぐにレイトに好意を見せた。サイクロプスはレイトを抱き上げると、そのまま肩に乗せる。それを見て、ティナとコトミンは笑みを浮かべた。

「ちょ、ちょっと可愛いね～」

「レイトに懐いてる」

魔物使いは全身を鎖で拘束された状態で、ウルとユニに囲まれている。

レイトは、そんな魔物使いに向かって、サイクロプスに肩車された状態で問う。

「おい、どうしてティナを襲った？」

「え？　私が襲われてたの⁉」

「気づいていなかったんかい……」

アイリスの情報によれば、魔物使いの狙いはティナのはずだった。

しかし、魔物使いは全身を拘束され、目隠しをされた状態でも黙り込んだまま、口を開こうとしない。

レイトは語気《ごき》を強めて質問を重ねる。

「おい、どうして黙ってる？　依頼者の情報は漏《も》らさないつもりか？　お前がティナを殺そうとしたことを警備兵に伝えて突き出そうか？」

「ま、待ってくれ、違うんだよ。そもそも俺はその女の子を殺すつもりはなかった。ある場所まで連れ出すように命令されてただけだ」

「連れ出す？　どういうことだ？」

「お、俺は頼まれただけなんだ。昨日の夜、酒場に森人族《エルフ》の男が現れて、こう言ってきたんだ。明日、そこのお嬢さんがこの村を訪れるはずだから、契約獣を使って連れ出せって」

「森人族《エルフ》の男ね。どこに運ぶ気だった？」

「都市の近くの草原にある大樹だ。あそこは冒険者の間で、鈴樹《りんじゅ》と言われているんだ。鈴のように音が鳴る木の実を生やすから、そう名づけられてるらしいんだが、そこに嬢ちゃんを連れてこいって」

「鈴樹？」

するると、ティナが楽しそうに言う。

「あ、私も知ってるよ〜。不思議な木の実がある場所だから、昨日も行ってみたんだ。すっごく面白かった‼」

「君、もう少し危機感を持ったほうがいいと思うけど……」

ティナの反応はともかく、魔物使いの背後には森人族《エルフ》の男がいるらしい。

レイトはさらに問い詰める。

「その森人族《エルフ》の男は、誰だか分かる？」

「いや、顔をフードで隠していたので分からねえ。だけど、尖った耳が見えていたから森人族《エルフ》で間違いないと思う。そいつが、嬢ちゃんを運べばそれで依頼は終わりだと言っていたんだ」

「でも、鈴樹までどうやって運ぶつもりだったんだ？　あんたは契約獣を操れるのか？」

「俺もそのサイクロプスに運んでもらう予定だったんだよ‼　俺の実力だと、近くにいなけりゃ指示が通らねえからな」

「あんたは冒険者なの？　どこのギルドの所属？」

「俺はこの地方の冒険者じゃない。元々は、狩猟祭にそいつを売り込むためにやって来たんだよ」

レイトにもなんとなく状況が見えてきた。そこへ、アイリスの声が響き渡る。

『その人は嘘を言ってませんよ。全部本当です』

つまり、サイクロプスを操作していたこの魔物使いは根っからの悪人ではなく、依頼されただけ。ティナに危害を加えるつもりはなかったのは、たしかなようだ。

レイトは、魔物使いに依頼したという森人族《エルフ》の男の正体《しょうたい》が気になり、アイリスに質問する。

『でも、ティナを連れ去るように指示したのは……』

『今回は前みたいに、ティナさんの命を狙う者の仕業《しわざ》ではないようですね』

『え？　じゃあ、いったい誰が？』

『ライコフです。あの馬鹿森人族《エルフ》が、レイトさんを陥《おとしい》れようとして、今回の計画を考えたみたいですね』

『は？　あいつがっ⁉』

アイリスによると、ライコフはレイトに恥をかかされた一件を根に持ち、復讐《ふくしゅう》に燃えているのだという。それで、彼はレイトの行動範囲を入念に調べ上げ、レイトがファス村によくいることを突き止め、この計画を立てたらしい。

それだけではなく、ティナがウルに会いたがっていることを利用し、レイトを追い詰めつつ、ティナの心を射止《いと》め、さらにはバルトロス王国の立場を危《あや》うくしようという――かなり大がかりな復讐劇を考えていたようだ。

アイリスから説明されたライコフの計画の経緯は、次のようなものだった。


現在、冒険都市ルノには、たくさんの魔物使いが訪れている。狩猟祭で必要とされる魔物を売り込むために来ているのだ。

ライコフは計画を実行するため、魔物使いと交渉しようとしていた。

少し話が脱線するが、狩猟祭の魔物の管理は魔物商《まものしょう》が行っており、狩猟祭が成功すれば、魔物商は王国から莫大《ばくだい》な報酬を与えられ、税金が免除《めんじょ》される。そのため彼らは、大量の魔物使いを雇っていた。

ライコフが交渉しようとしたのは、そんな魔物商で魔物の購入を拒《こば》まれた、あるいは魔物を売却する前の魔物使いだ。そうして目を皿のようにして探してようやく発見したのが、サイクロプスを使役していた先の男だった。

なお、冒険都市ルノの冒険者は、所属する冒険者ギルド以外の依頼は受けられないことになっている。しかし、ライコフが見つけた魔物使いは、別の冒険者ギルドに所属しており、個人に依頼される「指定依頼」を禁じられていなかった。

魔物使いの男は、ライコフの提示した前金が高額だったことから、その依頼を引き受けた。

彼がライコフから依頼されたのは、ファス村を訪れたティナを鈴樹に運ぶこと。そして、彼女がレイトと出会うまで、手出しをしないようにするとのことだった。

当日、ライコフはティナがファス村に向かったのを確認すると、魔物使いを手配し、自分は鈴樹に向かった。

魔物使いがライコフから念入りに言われたのは、ファス村でレイトとティナが会った瞬間、サイクロプスを襲いかからせること。そして、サイクロプスでレイトとウルを撃退し、ティナを連れて鈴樹にやって来ることだ。

ただし、ライコフには魔物使いに言っていないことがあった。

ライコフは鈴樹にやって来た魔物使いを、弓矢で射殺するつもりだった。そして、契約が解除されたサイクロプスを腐敗石で追い払い、ティナを助け出すという算段だったのだ。

成功した場合、ライコフの狙いが三つ成就《じょうじゅ》することになる。

一つ目は、レイトが失墜《しっつい》する。

そもそも襲撃によってサイクロプスに殺されるだろうが、たとえ生き残ったとしてもレイトに未来はない。森人族《エルフ》の王女を守ることができず、連れ去られるのを阻止《そし》できなかったレイトは、あらゆる信用を失うだろう。それどころか、国にとっての重要人物を危険に晒《さら》したため、処刑される可能性がある。

次《つ》いで二つ目は、ティナをサイクロプスから救い出したライコフは称賛《しょうさん》を受ける。ティナからの好感度も上がるだろう。

そして最後、三つ目。人間の国で森人族《エルフ》の王女が危機に晒されたことで、バルトロス王国は糾弾《きゅうだん》されてしかるべき立場に追いやられる。

それら大目的に加えて、ティナにお灸《きゅう》を据《す》えられるというオマケも付いていた。

勝手に行動をした彼女に、罪はないとは言えない。反省してもらえれば、今までの奔放《ほんぽう》な態度も少しは改まるだろうと、ライコフは考えていた。

これが、事件の真相だった。ライコフの企《たくら》みを聞かされたレイトは大きなため息をつき、彼の愚かさに頭を抱えた。

『あの野郎……自分の婚約者を危険に晒してまで、何考えてるんだ』

『とんだゲス野郎ですね。で、どうします？　彼は今なら一人で呑気に鈴樹で待ち続けていますよ』

『でも、証拠がないからな。とぼけられたらそこで終わりだし』

この事件の厄介な点は、ライコフが計画を立てたという証拠がないこと。

魔物使いの証言だけで、ライコフが白状《はくじょう》する可能性は低い。また、レイトがほかの人に話したところで、信じてもらえるはずもなかった。

『しょうがありませんね。ここは私が知恵を貸してあげましょう。さっき仲間にしたスライムがいますね？　その子を利用して、ライコフをはめ返しましょう』

『スラミン？』

『スライムの擬態能力を使うんです……』

そうしてアイリスが立てた計画を聞いたレイトは、協力してもらうために、みんなにそれを打ち明けるのだった。

◆　◆　◆

時刻は昼を迎える。

鈴樹の下には、弓矢を背負ったライコフがいる。彼は、魔物使いの男がいつまでも現れないことに苛立《いらだ》っていた。

「くそっ、何しているんだあいつは……」

計画通りにいけば、到着していてもおかしくない。それにもかかわらず、魔物使いの男がやって来そうな気配は一向になかった。

ライコフは不安を抱く。

「そもそも、得体《えたい》の知れない奴を雇ったのがいけなかったのかもしれない。何を考えていたんだ僕は……くそ……ティナに何かあったら殺してやる！」

冷静さを失ったライコフが、いっそ冒険都市に戻ろうかと考えたとき――彼の視線の先に、魔物使いの男らしき一行が向かってくるのが見えた。

「ようやく来たかっ‼」

サイクロプスが草原を疾走《しっそう》している。

どういうわけか、サイクロプスは荷車を引いていた。移動方法は指定しなかったが、なぜ荷車なのか、ライコフは理解できずに混乱する。

荷車の上には、巨大な木箱のほか、ティナの姿があった。

ティナは気絶しているようで、全身をフードで覆い隠した人物――魔物使いの男に支えられている。

「あの男……気軽に姫様の身体に触れやがって‼」

ライコフが忌々《いまいま》しげに言う。なお、ライコフも魔物使いの男と同様にフードを目深《まぶか》にかぶり、その正体を隠していた。

ライコフは苛立ちながら、鈴樹の下までやって来たサイクロプスを怒鳴りつける。

「止まれ‼」

「キュロロロロッ‼」

「っ……‼」

魔物使いの男が、サイクロプスの背中を軽く叩いて停止させる。

ライコフが近づくと、魔物使いの男がゆっくりと告げる。

「……連れてきたぞ。指示通り姫は眠らせてある」

「ずいぶん遅かったな。何をしていた？」

「すまない、手間取った」

「おい、どうして顔を隠している？　フードをどけろ！」

魔物使いの男の様子に不自然さを感じ取り、ライコフは怒鳴りつける。

すると、魔物使いの男は躊躇《ちゅうちょ》なくフードを脱《ぬ》いだ。

その顔は——ライコフが知っている魔物使いの男のもので間違いなかった。魔物使いの男が掠《かす》れた声で言う。

「風邪《かぜ》を引いて声がちょっとな。だが、そんなことは問題ないだろう」

「ちっ、いつまで汚い手で僕の婚約者に触れている。さっさと姫を置いて消えろっ‼」

「その前に金を渡せ。汚い手で触れるも何も、こうやって誘拐するように指示を出したのは、お前だろ」

「くそっ、さっさと受け取れっ‼」

ライコフはそう言い放つと、懐《ふところ》から金貨が入った小袋を取り出し、魔物使いの男に向かって投げつけた。

魔物使いの男は小袋を受け取ると、中身を確認し始める。

その瞬間、ライコフは口元に笑みを浮かべた。そして、背中に隠し持っていた弓矢へと手を伸ばす。

「……死ねっ‼」

ライコフは弓矢を引き抜き、男の頭部に向けて放った。普通では反応できない速度で矢が射《い》られるが――

「おっと」

魔物使いの男は軽く頭を下げて、矢を回避《かいひ》する。

「何っ⁉」

「キュロロロロッ‼」

すかさずサイクロプスが、ライコフを捕まえるべく両手を伸ばす。

ライコフは慌てて後方に下がった。ライコフはとっさに腰に付けていた袋を開き、腐敗石を取り出す。

「く、来るなっ‼」

「キュロロッ？」

サイクロプスは怯《ひる》むことなく、ライコフに近づく。

「な、効かないっ⁉」

驚くライコフに、魔物使いの男がこれまでの様子を一変させて告げる。

「そいつは鼻に詰め物をしているから、腐敗石は効かないよ」

「何っ⁉」

続いて、魔物使いの男は気絶していたはずのティナを抱き起こし、さらに荷車に積んであった木箱の蓋《ふた》を開いた。

そこから現れたのは、人魚族の少女と護衛の装備をまとった森人族《エルフ》の女性だった。

「なっ⁉」

森人族《エルフ》の女性、人魚族の少女が口を開く。

「貴様……その声、やはりライコフだな‼」

「狭かった……暑い」

それから魔物使いの男は、独り言のように言う。

「よしよし……スラミン、もう離れていいよ」

「ぷるぷる……」

その光景を見て、ライコフはただただ驚愕していた。

魔物使いの男は、身体の表面に張りつかせていたスライムを剥がす。

すると、スライムの擬態効果が消え、魔物使いの男の顔は剥がれ落ち――レイトの顔が現れた。スライムはぷるぷるとレイトの肩に移動した。

ティナが、呆然とするライコフに向かって告げる。

「フードで顔を隠してるけどその声やっぱり……ライコフ君なんだね⁉　どうしてこんなことしたの⁉」

「ひ、姫様⁉　こ、これは違うんです‼」

必死に弁明しようとするライコフに、森人族《エルフ》の女性が近づく。

「何が違うんだ‼　この愚か者がっ‼」

「がはぁっ⁉」

森人族《エルフ》の女性はライコフの言葉に耳を貸すことなく、周囲を引かせるほど激しく殴《なぐ》りつけるのだった。

◆　◆　◆

アイリスの作戦は、ライコフの計画を逆に利用し、彼の悪事を白日《はくじつ》のもとに晒すというものだった。

　この作戦を実行するにあたり、レイトはティナを連れて彼女が滞在している宿屋に戻った。そこで留守番《るすばん》をしていた護衛に協力を頼んだのだ。

　護衛の名前はリンダ。ティナの世話役を任されていた女性である。

　外見は二十代前半のようだが、実年齢は百歳を超えている。それでも、森人族《エルフ》の中では若手の部類に入るという。

　リンダはティナが生まれたときから仕《つか》えており、ティナにとっては親にも等しい存在である。リンダも同様にティナを実の娘のように愛していた。

　そんな事情もあり、リンダはライコフがティナを危険な目に遭わせようとしていると聞いて激怒《げきど》した。しかし、実際に見たわけではないため、ライコフがそんなひどいことをしているのか半信半疑だったのだが……

　リンダの一撃が、ライコフに炸裂《さくれつ》する。

「この、大馬鹿者がっ‼」

「ぐはっ⁉」

「よくも姫様を危険な目に‼」

「げふっ⁉」

一方的にライコフを殴りつけるリンダを目の当たりにして、レイト、ティナ、コトミン、スラミンはドン引きしていた。

「うわぁっ……」

「すごいっ」

「リンダ、怖い……」

「ぷるぷるっ……」

リンダは拳闘家《けんとうか》と呼ばれる職業で、打撃に特化した戦闘職である。彼女はライコフに口答えする暇《ひま》を与えることなく拳を打ち続けた。

リンダの打撃が収まった一瞬、ライコフが口を開く。

「や、やめろっ、やめてくれっ。ぼ、僕は、ティナ様の婚約者だぞ！」

「それがどうしたというのです？　こんな悪事を働いておきながら、ぬけぬけとそんなことがよく言えますね。今回の件は、しっかりとご両親にもお伝えさせていただきますよ」

リンダの拳が、ライコフの顔面を的確に捉える。

「く、くそっ……がはぁっ⁉」

ライコフが空中で回転しながら吹き飛んでいった。

レイトは、哀《あわ》れなほど叩きのめされたライコフを見て同情さえ覚えた。ライコフの様子は、それほど惨《みじ》めだった。

レイトは怯えながらティナに話しかける。

「ティナの護衛の人、超怖いね」

「ふ、普段は優しいよ？　……怒らせると怖いけど」

コトミンとティナはレイトの後ろに隠れ、スラミンは彼の肩の上に張りついていた。

「スラミンが震えてる、私も震えている」

「だからってみんな、俺を盾にしないでくれる？」

「ぷるぷる」

リンダは、ライコフを延々《えんえん》と殴りつけていた。

さすがに殺されると思ったライコフは一瞬の隙を見て逃げ出すと、落ちていた自分の長剣を拾い上げる。

「ち、近寄るな‼　それ以上近づけば……」

「そんな物で、私を斬れると思っているのですか？」

「うるさい‼　お前こそ、僕の剣の腕を知らないくせに‼」

剣を手にしたことで余裕が生まれたのか、ライコフは突然強気になった。そこへ、レイトが割って入る。

「ちょっと失礼」

唐突に間に入ってきたレイトに、リンダは驚き、ライコフは睨みつける。

「あなたは？」

「……退《の》け、下等な人間がっ」

レイトは気にせずに退魔刀を構える。

ライコフはレイトの大剣を見て鼻で笑った。その大剣はどう見ても、レイトの小さな体格には不釣《ふつ》り合いだった。

「ふんっ、そんな見せかけの武器で、僕に勝てると思ってるのか？」

ライコフは挑発して言う。

彼の手にある長剣は、ミスリルと鋼鉄の合金で作られていた。小髭族《ドワーフ》の一流の鍛冶師《かじし》に仕上げてもらった一級品である。対して、レイトの大剣は輝きこそあるもの、魔法金属特有の雰囲気をまとっていない。魔法金属ではない金属は、この世界では軽視《けいし》されているのだ。

ライコフは笑みを浮かべつつ、斬りかかる。

「くらえっ!!　『三日月剣《みかづきけん》』!!」

「おっと」

下から振り上げられたライコフの剣から、三日月の斬撃《ざんげき》が放たれる。レイトは大剣で防いだものの、手に強い衝撃《しょうげき》を感じた。

それを見て、ライコフが目を見開く。

「なっ⁉　馬鹿な……どうして折れない⁉」

本来なら、「三日月剣」は金属さえ断《た》ち切るはずだった。

実は、レイトはライコフから攻撃を仕掛けられる前に、「金属変換」で退魔刀の金属を変化させ、さらに「物質強化」で耐久性を上昇させていたのだ。

「あいにく特別製でね。いくぞ‼」

そう言うとレイトは退魔刀の刃を逆にして、ライコフを上から叩きつける。

「おらっ‼」

「ぐぎゃあっ⁉」

情けない悲鳴を上げ、ライコフの身体が地面にめり込む。

退魔刀を持ち上げてレイトは告げる。

「もう降参《こうさん》しなよ。世間知らずなお坊ちゃん？」

「ぐぐっ……こ、殺してやる‼」

「あれ⁉　まだ動けるんだ？　タフだな」

ライコフは起き上がって、レイトにつかみかかろうとする。すると、リンダが割って入ってライコフを突き飛ばした。

「そこまでです‼」

「ぐあっ⁉」

ライコフは剣を手放して倒れた。

さらにリンダが追撃しようとすると、ライコフは涙目で這《は》いつくばって逃げ、落ちていた弓矢を拾う。

「ち、近寄るなっ‼　撃つぞぉっ⁉」

ライコフは矢を放とうとするが、リンダは堂々と言い返す。

「やってみなさい」

「……えっ？」

「撃てと言っているのです」

「ほ、本当に撃つぞ‼」

「いいから早くやりなさい‼」

レイトとティナが声を上げる。

「ちょっ……」

「リンダ⁉」

レイトがライコフを止めようと動いたとき、リンダはレイトを手で制止する。ライコフは弦《つる》を引き絞《しぼ》った。

「く、くそぉっ‼」

「撃てっ‼」

さらにリンダは責める。

「う、うわあああああっ‼」

追い詰められたライコフが弦から指を離し、矢を放った。

しかし、リンダは矢の軌道《きどう》を予測し、首を動かして最小限の動作で回避する。そして、ライコフに接近して手を伸ばす。

「『発徑《はっけい》』‼」

「ぐはぁあああああっ」

彼女の手がライコフの腹に触れた瞬間――衝撃波が彼の全身に伝わる。ライコフは、五メートルほど吹き飛ばされた。

リンダは両手を合わせ、怒りを鎮《しず》めるように深い息を吐いていた。

◆
◆
◆

ライコフの悪事を見抜いてから一時間後。

レイトは、冒険都市ルノのティナが宿泊している宿屋に来ていた。そこで、レイトはティナの護衛全員から頭を下げられる。

「「「このたびは、誠に申し訳ございません‼」」」

「ご、ごめんなさいっ‼」

「お、おおう……」

護衛に続いて、ティナからも謝罪《しゃざい》され、恐縮《きょうしゅく》してしまうレイト。

「うむ、面《おもて》を上げい」

「ぷるぷるっ」

コトミンの反応はさておき、スラミンはいつものように震えていた。

護衛の一人がレイトに謝罪金を渡してくる。

「今回の件はすべて我らの責任です。どうかこれをお受け取りください」

「え、こんなに⁉」

「おお、金貨がいっぱい入ってる」

「ぷるるっ」

もらったのは小袋三つだったが、その中には大量の金貨が入っており、日本円で一千万円は下らない金額であった。あまりにも高額なのでレイトが遠慮しようとしたが、彼らは頑として譲《ゆず》らなかった。

護衛が、ライコフの処置について教えてくれる。

「実はライコフは、ヨツバ王国では有力貴族の息子です。父親は立派な方ですが、母親の影響なのか、人間を過度《かど》に見下《みくだ》すところがあり、我々も扱いに困っていました。ただし今回ばかりは許しません‼　ティナ様を利用し、レイト様を陥れようとしました。彼はアトラス大森林で処罰を受けてもらいます」

「処罰って……まさか殺されたりはしないよね？」

　レイトが心配して尋ねると、護衛が答える。

「ライコフは、ミドリ家のたった一人の跡継《あとつ》ぎでもあります。処刑は免《まぬが》れるでしょうが、それでも十年は牢屋《ろうや》で過ごしてもらうことになるでしょう。当然ながら、ティナ様との婚約もなかったことに。ミドリ家もなんらかの責任を取らされます」

「そうなのか……ところでライコフは今はどこにいるんですか？」

「現在は、別室で治療《ちりょう》を受けています。もっとも、回復薬や魔法は使用していませんが……」

　すると、拳を打ち鳴らしながらリンダが告げる。

「あのような愚か者は、苦しませていたほうが良いのです。もし起き上がれるほど回復したとしても……私が再び立ち上がれないようにします」

　コトミン達は震え上がっていた。

　ちょうどいい機会だったので、レイトはリンダに先ほどの戦闘について尋ねる。

「あの、聞きたいことがあるんですけど……さっきのライコフの戦闘のとき、どうして彼の弓矢を避けられたんですか？」

「ああ、あれは『見切り』という格闘家の技能スキルのおかげなんです。このスキルによって相手の攻撃動作を見抜き、攻撃を仕掛けられる前に、回避行動に移れるようになるんですよ」

レイトはそう聞いて、黒虎のギルドマスターのバル、吸血鬼《ヴァンパイア》のゲインを思い出した。その二人もリンダと同様に、攻撃を避けていたのだ。

レイトは、自分もそれを覚えられないのかと考えつつ、さらに質問を重ねる。

「あと、最後にくらわせた『発徑』。あれは戦技なんですか？」

「格闘家の専用スキルです。相手に触れた状態で衝撃を与えます」

レイトが元いた世界でも「発徑」という技はあった。

至近《しきん》距離から強い衝撃を生み出すもので、背中や肩からも発動できる。リンダはその技の熟練度《じゅくれんど》を限界まで上げているという。

レイトはふと思いついて呟く。

「『発徑』か……スラミンに試したらどうなるんだろう」

「ぷるぷるっ」

「ものすごく揺れるかもしれない、だって」

「揺れるだけか……ちょっと見てみたいな」

コトミンに説明され、レイトはちょっと想像して笑いそうになる。

それはさておき、レイトにとって問題は謝罪金をどのように断るかだった。さすがにこれだけ高額となると受け取れない。

現在は、大金が必要な状況でもないのだ。彼はアイリスに相談する。

『愛人』

『だ、だめですよ、部長。奥さんがいるのに……いや、何を言わせるんですか！　久々の名前ボケですね』

『誰だよ、部長って』

『そこはどうでもいいです。ボケに触れないでください。ところでそのお金ですが、素直に受け取ればいいじゃないですか。村の復興費にもなりますし』

『そっか、あとサイクロプスについてなんだけど、どうしたらいいかな？』

『特に害があるわけでもないですし、ウルのように飼《か》ったらどうです？　力仕事なら役立ちますよ』

サイクロプスの故郷はかなり離れた土地にあるため、送り返すことはできない。野生に帰せば、その見た目に驚いた人間とトラブルになる可能性がある。

そんなわけで結局、サイクロプスはレイトが面倒を見ることになったのだった。

◆
◆
◆

「キュロロロロッ‼」

「ウォンッ‼」

「お前ら、なんでそんなに車を引くのが好きなの？」

ファス村に向けて、ウルとサイクロプスがともに狼車を引いている。その光景を見たレイトは、二体が自分の本来の種族を忘れているのではないかと思った。

レイトのそばにはスラミンをまとわせたコトミンがいる。彼女は眠たそうに、荷台に横たわっていた。

「ぐぅぐぅっ……」

「こっちはもう寝てるし……スラミンは起きてるのか？」

「ぷるぷるっ……」

コトミンの肩から、小さなスラミンが顔を出す。そして、レイトに向けて何かを伝えるように言葉を発する。

それですぐに意図を察したレイトは、砂糖水が入った小瓶を取り出し、スラミンに与える。

「ゆっくり飲めよ……大きくなってキングを目指せ。間違ってもメタルになったらだめだぞ。冒険者に狙われるからな」

「ぷるるっ（なんのこっちゃい）」

レイトは砂糖水を与えながら、スラミンの頭をなでた。

そうしながら彼はふと気づく。

人間の仲間はいないのに、ペットだけは増えている。コトミンはいるが、彼女は人魚族で食事を用意しているのは自分だ——結局、彼女もペットの一人にしか感じられない。

「一度ぐらいは冒険者集団《パーティ》でも組んでみるかな……人と一緒に戦う経験がほとんどないのは問題だし」

ウルと共闘することは多いものの、ちゃんと人と共闘したのは、厳密《げんみつ》には人ではないが巨人族《ジャイアント》のゴンゾウだけ。

対人戦経験はあるが、集団戦のそれはほとんどない。

もし今後、ほかの人と行動をともにするようになれば、自分勝手な行動は控《ひか》える必要があるかもしれない。

レイトはそう考えつつ、今度冒険者ギルドに赴いたときにバルに相談しようと決めた。

「ずいぶんとお金は稼《かせ》いだけど、こいつらの餌代《えさだい》に持ってかれそうだな。それと、魔物と間違って襲われないように首輪でも付けておかないと……」

「ぷるぷるっ」

「え、お前も欲しい？　どこに首輪を付けるんだよ……あれ、なんでお前、俺の肩の上にいるんだ？」

レイトは、スラミンを見つつ不思議に思う。

コトミンに目を向けると、彼女の服に擬態したスラミンは健在《けんざい》だった。では、自分の肩の上にいるスラミンは……

彼は疑問を抱くが、すぐに答えを見出す。

「あ、分裂したのか……スライムだもんな」

「ぷるぷるっ」

「ぷるるっ」

レイトの言葉を肯定《こうてい》するように、レイトの肩とコトミンの肩のスラミン達がそろって頷く。

彼が自分の肩のスラミンに砂糖水を与えようとしたタイミングで――前方から聞き慣れた声が聞こえてきた。

「ん？　そこにいるのは、もしかしてウルか？」

「うわっ!?　なんだこの怪物!?」

レイトが狼車から顔を出すと、そこにいたのは、ゴンゾウとゴレムの街の冒険者ダインだった。

二人は荷車を引くサイクロプスを見て驚いている。

「ふにゃっ……」

眠そうにするコトミンを無視して、レイトは二人に尋ねる。

「あれ、どうしたの二人とも？」

「ああ、実はあのあと、こいつと意気投合《いきとうごう》してな」

そう言うゴンゾウに続いて、ダインが口を開く。

「こ、この街にレイトもいるって聞いてたから僕も来たんだよ。あのときはろくに礼が言えなかったから立ち寄ったんだけど……なんだよこいつ？　前のときはいなかったよな」

そう言ってダインは、サイクロプスのほうに視線を向ける。

「キュロロロッ!!」

サイクロプスはダインに向かって両腕を広げる。

「ひぃっ!?」

「こら、怖がらせるな!!」

とっさにゴンゾウの後方に隠れるダイン。レイトが叱《しか》りつけると、サイクロプスは大人しくなった。

ゴンゾウはそれを見て感心したように頷き、自分よりも大きなサイクロプスの身体に触れて言う。

「サイクロプスか……俺の国の領地にもいたぞ」

続いてダインが震えながら声を上げる。

「サ、サイクロプス⁉　魔人族《デーモン》じゃないか、こんな奴を飼ってるのか⁉」

「まあ、なりゆきで……」

「キュロロッ」

サイクロプスと腕を絡ませるゴンゾウを見て驚きつつ、ダインも恐る恐るサイクロプスに手を伸ばして触れ……すぐに手を離す。

ダインは大きく息を吐き、改まったように告げる。

「ま、まあいい……それより今日僕がここに来たのは、狩猟祭が目的なんだよ。レイトとゴンゾウはこの街の冒険者なんだろ。なら、狩猟祭にも出場するのか？」

「俺は参加するが、レイトはどうなんだ？」

「Dランクだから、参加できないし興味もないかな。でも、バルからは狩猟祭のための魔物を捕まえるように頼まれてるよ」

ダインの質問に、ゴンゾウに続いてレイトが答えたが、「バル」という名前を聞いたダインが妙な顔になる。

「バルって……もしかしてあの暴力女か⁉　レイトはあの化け物剣士のギルドに所属してたのかよ‼」

そこへ、そのバル本人が現れる。

「誰が、化け物剣士だいっ？」

「あいたぁっ⁉」

バルに拳骨《げんこつ》され、ダインの悲鳴が響き渡る。バルが、地面にうずくまるダインに視線を向けつつ言う。

「誰かと思えば……生意気小僧《なまいきこぞう》じゃないかい？　どうした？　ついに冒険者をクビになったのかい？」

「いててて っ……⁉　な、何すんだよ、この筋肉女‼」

「はっ‼　それはあたしにとっては褒め言葉だね‼」

涙目で怒鳴り散らすダインに、バルは涼《すず》しい表情で言い返した。

それからバルはレイトに顔を向けて告げる。

「まあ、ちょうど良かった。レイト、あんたの馬車に乗せな。どうせ依頼も引き受けずに、今日もいつもの村に行くんだろ？」

「どきっ……ぴゅ～ぴゅ～」

「あんた、口笛下手くそだね……ほら、途中まであたしも乗せてくれよ」

そう言うとバルは、ダインを担ぎ上げる。

「ちょ、なんで僕まで⁉」

「俺も乗っていいか？」

狼車に、バルと彼女に担がれたダインが乗り、取りつけられた荷車にはゴンゾウが乗り込んだ。レイトはコトミンを起こさないように移動させた。


バルは初めて見るコトミンとスラミンに、不思議そうな表情を浮かべる。

「誰だいそいつは？　ここら辺では見たことないね」

「コトミンとスラミンだよ。ほら、挨拶《あいさつ》して」

レイトがそう言うとスラミンは反応する。

「ぷるぷる」

「まさかスライムに頭を下げられる日が来るとはね……」

「ふにゃっ……知らない人の気配を感じた」

「武道の達人か、お前はっ」

レイトにツッコミを入れられつつ、コトミンもようやく目を覚ましたようだ。

ダインがバルに抗議《こうぎ》する。

「ちょ、マジでなんで僕が依頼を手伝わないといけないんだよ!?　こっちは休暇中《きゅうかちゅう》なんだぞっ!?」

「固いことを言うんじゃないよ。あんたの影魔法は便利だからね、ほら座りなっ!!」

「げふっ!?」

ダインは強制的にバルの隣に座らされていた。

レイトはそんな二人の微笑《ほほえ》ましいやりとりを見て、まるで親子や姉弟のようだと思った。

レイトはバルに尋ねる。

「ダインとバルは知り合いだったの？」

「知り合いも何も、こいつはあたしが育てたのさ。スラム街でいじけていたから、拾い上げて一から鍛《きた》え上げてやったんだよ」

「捏造《ねつぞう》するな‼　あんたに教わったことなんて、喧嘩の仕方ぐらいじゃないか‼　魔術師の僕に剣を叩き込んだり、杖なしの状態でジャングルに放り込んだりしたことは忘れていないからな‼」

驚いて声を上げるレイトとコトミン。

「どんな教育を受けたんだ……」

「……ワイルドすぎる」

すると、バルはダインをなだめるように言う。

「うるさいねえ……そのおかげであんたは強くなれたんだろうが。滅多にいないよ？　喧嘩が強い魔術師なんて……いや、そうでもないね」

バルはレイトに視線を向けて、すぐに首を横に振った。それから急にニヤつき出すと、ダインに声をかける。

「そういえば聞いたよ、ダイン〜。サキュバスに騙されて、裸のまま外に放り出されたって？」

「な、なんであんたが知ってんだよ⁉　まさかレイト……」

ダインが疑いの視線をレイトに向ける。

「俺じゃないよ」

「じゃあ、ゴンゾウか⁉」

「いや、俺も誰にも話していないが……」

バルが笑って言う。

「はっ、冒険者ギルドの情報収集力を舐めるんじゃないよ‼　あんたが捕まえたサキュバスが白状したんだよ。ちなみに、あんたの服も回収済みさ。あとで自分の街に戻ったら、冒険者ギルドから返してもらうんだね」

「くっそぉっ……あの女めっ‼」

サキュバスは警備兵に突き出されたあと、今までの犯行を自白したらしい。結果的にダインは助かったが、重罪を犯《おか》したことには変わりはない。

「……あのサキュバスはどうなるの？」

レイトが恐る恐る尋ねると、バルが答える。

「さあ、ともかく今はゴレムの街の監獄《かんごく》さ。男どもが魅了されないよう、女性の兵士が対応しているよ。それにしても、サキュバスを見抜けないなんて間抜《まぬ》けだねぇっ」

「う、うるさい‼　巨乳に逆らえなかっただけだ‼」

「それ、言い訳になってない気がする……」

レイトがダインにツッコミを入れると、バルが冗談《じょうだん》めかして言う。

「そんなに巨乳がいいのかい？　しょうがないね……あたしの乳を揉《も》ませてやろうか？」

「ふざけんなっ‼　あんたのは乳じゃなくて、大胸筋《だいきょうきん》じゃないかっ‼」

「失礼なガキだねっ」

バルとダインは、夫婦漫才《めおとまんざい》のように喧嘩をしていた。

彼らの楽しい掛け合いを見てレイトは苦笑《くしょう》し、ふと深淵の森の屋敷にいた頃、ともに過ごしていたアリアのことを思い出した。

昔は自分も、彼らのようにアリアと接していた。アリアとはもう二度と会うことすらできない、改めてそう悟ると、レイトは急に落ち込んでしまった。

「はあっ……」

「レイト？」

「ぷるぷるっ」

コトミンとスラミンがレイトを心配するように、顔を覗き込んでくる。

「いや、なんでもないよ。ちょっと昔のことを思い出しただけ」

彼女達に苦笑いを浮かべながらレイトは、アリアが現在何をしているのかが気にかかり、アイリスに交信を行おうとしたとき——

突然、狼車が停止する。

3

「お、お待ちください‼　ここから先は通行できません‼」

「なんだって?」

警備兵が立ちふさがり、狼車を止める。

レイトとバルが狼車から顔を出すと、二人の視界に見覚えのある女の子の姿が映った。

「ナオ……姫様⁉」

「ナオ?」

ただしその女の子——ナオは、血まみれだった。

彼女はゆらゆらと歩くと、気を失うようにその場に腰を下ろす。彼女の近くにはヴァルキュリア騎士団がおり、彼女達も同じように傷だらけだった。

バルは狼車から降り、兵士達を弾き飛ばして駆けつける。

「おい‼　そこを退《ど》きな‼」

「うわっ⁉」

「な、なんだお前は⁉」

「待てっ‼　その方は黒虎のギルドマスターだ‼」

慌てて声を上げる兵士達の間をすり抜け、レイト達もあとに続く。すぐにヴァルキュリア騎士団全員の治療が始まった。そばにいた兵士達も、用意してあった回復薬を使う。

バルがナオに声をかける。

「姫様、あたしです‼　バルですよ⁉」

「うっ……バル、か？」

「くそっ、早く回復薬をよこしなっ‼」

バルが兵士を怒鳴りつける。

「落ち着いて‼　俺が治《なお》す‼」

レイトが先に「回復強化」の補助魔法を施し、ナオの治療を試みる。彼女の身体の傷をふさぐことには成功した。

だがそれで緊張の糸が切れてしまったのか、ナオは意識を完全に失ってしまった。

バルはすぐさまナオを抱き上げる。

「姫は冒険者ギルドに連れていく‼　文句があるなら、あたしのあとについて来なっ‼」

「ちょ、ちょっとお待ちください⁉　姫様は……」

「うるさい‼」

バルはナオを抱えて、街道を駆け出す。兵士達が慌てて追いかけるが、彼女に追いつける者などおらず、バルは一人で冒険者ギルドに向かっていた。

その間、レイトはほかの騎士団員の治療を行う。そして、回復した者達から事情を聞き出す。

「しっかりしてください‼　何があったんですか？」

「ううっ……」

「レイト、私も手伝う」

「コトミン？」

そう言ってコトミンは手を伸ばし、両手から水色の魔力をにじませる。

レイトは、コトミンも回復魔法を扱えると知って驚く。コトミンは、レイトの肩に乗っていたスラミンの分裂体を両手でつかみ取って言う。

「スラミンにも協力してもらう……私の回復魔法は水が必要だから、スラミンの水分を分けてもらう」

「ぷるぷるっ」

「これは……人魚族の精霊魔法か⁉」

後方でダインが声を上げる。コトミンは両手でスラミンをつかみ、スラミンを絞るように左右の手を回していく。

「ふんぬっ……」

「ぷるるっ」

「ちょっ、大丈夫？　スラミンが雑巾絞《ぞうきんしぼ》りのようになってるけど……」

「問題ない……これが私の水の精霊の回復魔法」

「うっ……」

女騎士の傷口にスラミンの身体から、液体がこぼれ落ちる。それが触れた瞬間、彼女の傷口がふさがり、血の跡《あと》さえ消えた。

その光景を見て、周囲の人々が驚きの声を上げる。レイトはスラミンを見て心配しつつ、水筒の水を与える。

「ほら、これを飲んで……だいぶ小さくなったな」

「ぷるぷるっ……」

「あんまり与えたらだめ……破裂《はれつ》するから」

「マジでっ⁉」

「あ、あの‼　次はこちらの方をお願いできませんか⁉　意識が戻らなくて……」

ヴァルキュリア騎士団のほとんどが、ナオ同様に重傷を負っていた。レイトとコトミンは、回復薬さえ飲めない状態の女騎士達を治療していった。ゴンゾウとダインが、治療を終えた者達を横たわらせていく。サイクロプスも彼らを真似て、女騎士達に近づこうとするが、怖がられてしまっていた。

最後に治療を終えた黒髪の女騎士に、レイトとコトミンが尋ねる。

「大丈夫ですか？　意識はありますか？」

「あ、ああ……私は平気だ」

「何があったの？」

年齢はナオと大差のないその女の子は、黙って自分の剣を取り出した。そして、鞘《さや》から刃を引き抜く。

異様な腐敗臭が周囲に広がり、鼻の良いウルが悲鳴を上げる。

「……私達は、ゴブリンに壊滅《かいめつ》された村の視察に向かう任務を請《う》け負っていた。それで、ある村で巨大な卵を発見した。卵は竜種《りゅうしゅ》のものであり……」

「竜種」という言葉を聞いて、周囲の人々が動揺し出す。

さらに女の子は続ける。

「……卵は、すでに崩壊した村にあった。だが、なぜか村の周囲には大量の腐敗石が設置され、魔物が近づけないようにされていた。それに、卵の周りには見たこともない魔法陣が描かれていて――つまり、死霊使い《ネクロマンサー》がいたようで……」

「死霊使い《ネクロマンサー》？」

レイトがそう口にすると、アイリスが交信してくる。

『死体を利用して、アンデッドやスケルトンを生み出す、闇属性に特化した魔術師のことですよ』

黒髪の女の子が話してくれたのは、次のようなことだった。

以前、旧帝国《エンパイア》が引き起こした「武装ゴブリン事件」――それによって滅《ほろ》ぼされた村の一つに、竜種の卵と死霊使い《ネクロマンサー》の痕跡《こんせき》があった。

それをヴァルキュリア騎士団が発見し、想定外の事態に陥《おちい》ってしまったという。

◆　◆　◆

ヴァルキュリア騎士団、黒髪の騎士リノンは、ナオとともにたどり着いた村で、謎の卵を発見した。

その卵の大きさから考えて、大型種で間違いないようだった。

卵を破壊するため、リノン達は火属性の魔石を利用して爆破《ばくは》を試みる。

しかし、卵を破壊しようとした寸前――地面に設置されていた魔法陣が輝き、卵が唐突に孵化《ふか》してしまった。

誕生《たんじょう》したのは、全身から腐敗臭を漂《ただよ》わせる、大きな顎《あご》が特徴的な竜——腐敗竜《ふはいりゅう》。

目の前のヴァルキュリア騎士団に視線を向けた腐敗竜は、彼女達を餌《えさ》と認識し、真っ先にナオを狙った。

どうしてナオを狙ったのかは不明だが、ナオはすぐに騎士団に撤退《てったい》を命じた。

騎士団は一斉に逃げ出した。

幸いというべきか、生まれたばかりの腐敗竜は動作が鈍《のろ》かった。最初のうちは、騎士団も無事に距離を開くことができた。

そうして、彼女達が安心した頃。

突如として、腐敗竜は大きく口を開き、白煙《はくえん》を噴《ふ》き出した。

この白煙は、触れた物体を溶解《ようかい》させるもので、最後尾《さいこうび》を馬に乗って走っていた女騎士達がそれに呑み込まれ、呆気なく命を落とした。

それを見たナオは頭に血が上り、冷静さを失った。

彼女は一気に引き返すと、腐敗竜に突撃していった。

ほかの騎士達もナオを見捨てることができず、ナオを援護《えんご》しに向かった。

白煙を吐いた腐敗竜は動きがより鈍重《どんじゅう》になったようで、騎士団の攻撃を受けた。肌のほとんどが腐《くさ》っている影響か、騎士達の攻撃は意外なほど通用した。彼女達が斬りかかるたびに、腐敗竜は悲鳴を上げた。

しかし、腐敗竜の傷口から流れ出たのは、血液ではなかった。

周囲に撒き散らされたのは、紫色の液体だった。

この液体が、酸《さん》のように騎士達の武器や防具を溶かしていった。

斬りつけるたびに液体が飛び散り、武器が溶けて使い物にならなくなる。攻撃を加えても腐敗竜の勢いは止まらず、次々と騎士が餌食《えじき》となっていった。


あっという間に、十名が命を落とした。

ナオはボロボロになりながら、再び撤退を命じた。

仲間の仇《かたき》も討てず、撤退する間にも次々と騎士達が殺されていく。ナオは何度も迎撃しようとしたが、そのたびに引き留められた。

無我夢中《むがむちゅう》で走り抜け、草原を通り過ぎたあたりで、彼女達は生き残れたことを知った。

すでに仲間の半数以上が亡《な》くなっていた。

◆　◆　◆

「竜種だと⁉　まさかそんなことが……」

「ま、まずい……‼　そんな化け物が都市を訪れたら……‼」

「は、早く王都に連絡するんだ‼　軍隊を派遣させろっ‼」

リノンの報告に、警備兵達は激しく怯え出す。レイト達は、彼女の話を聞き終えてからずっと黙っていた。

リノンが苦しそうに言う。

「あの化け物から逃れられたのは偶然《ぐうぜん》だった。奴が現れた村の周辺は曇《くも》っていたが、草原までやって来て、雲が途《と》切《ぎ》れて日光が差したんだ。その瞬間――奴は悲鳴を上げて去っていった。おそらく、奴の弱点は日の光だと思う」

「日の光……」

「この推測が正しければ、日の落ちた夜に、奴を止めるものはない。もしかしたら、今夜のうちにも奴は襲ってくるかもしれない。その前に、王都に救援《きゅうえん》を求めないと……‼」

リノンがそう言うと、警備兵の一人が大声を上げる。

「ここから王都までどれほど離れていると思ってるんだ⁉　それに、夜になったら魔物が活性化する‼　今から救援を送っても、王都にたどり着けるかも分からないんだぞ‼」

「おい、騎士様に失礼だろ‼」

「うるせえっ‼　こいつらがその腐敗竜という奴を引き連れてきたんだ⁉　お、俺は逃げるぞっ‼　死にたくねえっ‼」

兵士は制止を振りきって、逃げていった。

竜種は「災害獣《さいがいじゅう》」と別名で呼ばれている。存在そのものが災害に等しいと考えられているのだ。だからこそ、兵士が逃げたのを誰も責めることはできなかった。

リノンが決心したように告げる。

「……姫様の容態《ようだい》は心配だ。だが、私は今から王都に向かう。一刻も早く、このことを国王様に知らせなければ……」

「だけどその身体じゃ……」

「そんなことを言っている場合じゃない‼　こうして話している間にも、腐敗竜が街を襲撃しているかもしれない……くっ⁉」

「お、おい、無茶するなよ‼　その身体じゃ無理だって‼」

回復魔法では、疲労までは回復させられない。

ここまで逃げ続けてきた彼女の疲労は、肉体的にも精神的にも限界を迎えていた。今から王都に向かうのが不可能なのは、誰の目にも明らかだった。

兵士の一人が声を上げる。

「とりあえず、騎士団の皆様を治療院《ちりょういん》に運び出すぞ‼　全員手伝えっ‼」

「治療院？」

レイトがそう口にすると、アイリスが教えてくれる。

『この世界の病院ですよ。まあ、この世界には医者という概念《がいねん》はないので、治療するのは回復魔導士なんですけど』

ヴァルキュリア騎士団全員の治療は終えたが、それでもほとんどの者が意識を失いかけていた。

その光景をレイトは黙って見つめ、ヴァルキュリア騎士団のことは兵士に任せ、自分は次にどうすべきか考える。

治療院に連れていかれそうになったリノンが、抗《あらが》って声を上げる。

「わ、私は行かないと言っているだろう‼　王都に向かわなければ……」

「そんな身体では無理ですよ。おい、お前らも押さえつけろっ」

兵士達が、リノンを治療院に無理やり連れていこうとしたとき——何者かが近づいてきた。

「くっ……は、離せっ……あうっ⁉」

「騒ぐんじゃないよ、この馬鹿娘」

リノンの背後から現れたのは、ナオを冒険者ギルドに運んだバルだった。

バルはリノンの首を腕で挟むと、そのまま軽く絞《し》めて完全に気絶させた。そして、肩に抱き上げて、レイトに声をかける。

「姫様は大丈夫だよ、今はうちのギルドで眠ってる。あんた達もついて来な……例の竜についての話もある」

「……分かった。ウル、お前は家に戻ってろ。サイクロプスを案内してやれ」

「クゥ〜ンッ……」

「キュロロッ？」

「私も？」

コトミンがバルに尋ねる。

「さすがに、部外者をギルドに招《まね》くことはできないよ。嬢ちゃんは帰りな」

「むぅっ……」

それからレイトは、ウルに細かい指示を出しておいた。

ウルは素直に従い、手早くコトミンを狼車に乗せ、サイクロプスとともに冒険都市のレイトの家に行く。

その後ろ姿を見送ると、レイトはバルのあとに続き、ゴンゾウとダインとともに冒険者ギルドに向かうのだった。


「ナオ……じゃなくて、姫様の様子は？」

ギルドへの移動中、レイトがそう尋ねるとバルはため息交じりに答えた。

「今は身体よりも、心のほうが参ってるね。仲間を殺されたのは初めてのようだ。大人数まとめて殺されたのもあって、ショックがでかいみたいだね。目は開いているが、意識がはっきりしていない状態だよ」

「そんな……」

「だ、大丈夫なのかよ？」

ダインも心配して言う。

「大丈夫なわけがあるかい。うわ言《ごと》のように、竜のことを繰り返し呟いているよ……何が起きたんだい？」

「実は……」

レイトはリノンから聞き出した情報を、バルにすべて伝えた。

バルは腐敗竜に心当たりがあったらしい。突然立ち止まると、何か嫌なことを思い出したように頭を押さえる。

「腐敗竜……それは、ドラゴンゾンビのことじゃないのかい？」

「ドラゴンゾンビ……？」

すると、ダインが声を上げる。

「そ、それってもしかして、伝説の死霊使《ネクロマンサー》いが操った子供の竜のことか？　僕も聞いたことがあるぞ」

「さすがは闇魔導士だね。同系統の死霊使《ネクロマンサー》いのことも詳《くわ》しいのかい？」

「おい、あんな犯罪者と一緒にするなよ‼　闇魔導士はあいつらのように可哀想《かわいそう》な死者を使役するような真似はしないいんだからな⁉」

「ドラゴンゾンビ……」

バルとダインの会話を聞いて、レイトは疑問を抱く。

すぐに、アイリスが説明してくれる。

『百年ほど前に現れた、死霊使《ネクロマンサー》いが操った竜種のことですよ。この死霊使《ネクロマンサー》いは、竜種の子供の死骸を偶然見つけ、自分の寿命《じゅみょう》の半分と引き換《か》えに復活させたんです。その竜種に名づけられたのが「ドラゴンゾンビ」という名前です。この竜種は、あっという間に三つの街を滅ぼしました。その後、死霊使《ネクロマンサー》いが暗殺されたことで、竜種は死亡しましたが』

『ということは、今回の腐敗竜は……』

『同じように、死霊使《ネクロマンサー》いによって生み出されたんでしょうね。今回は、孵化する前に死に絶《た》えた竜種の卵が利用されたようです』

『それなら、死霊使《ネクロマンサー》いをぶっ倒せばいいのか』

『まあ、それが一番手っ取り早いですけどね。でも今回の相手は、そんな簡単じゃありませんよ』

『どうして？』

『百年ほど前に、ドラゴンゾンビを生み出した死霊使《ネクロマンサー》いは、寿命の半分を捧《ささ》げて死霊化させた竜種の子供を操りました。だけど、今回は人間ではなく、魔人族《デーモン》です』

『魔人族《デーモン》……ゲインやバジルと同じ奴か』

『そうですね。何にしても、今回の相手は分《ぶ》が悪すぎます。今までのように、私が事前に相手の情報を伝えてどうにかなる相手でもありません』

『……そんなにやばいのか』

アイリスの声は、これまでにないほどに真剣さを帯《お》びていた。

『百年以上も生きている吸血鬼《ヴァンパイア》ですよ。レイトさんが倒したゲインを吸血鬼《ヴァンパイア》に変えたのも彼女。そのレベルは80を超えます。真っ当な人生をたどっていたら、「英雄」と呼ばれていたでしょうね。それほどの人物です』

『彼女？』

『そう、腐敗竜を復活させたのは、女性です。そして、世界で一番の腕を誇る死霊使い《ネクロマンサー》。間違いなく、今の時点のレイトさんで勝てる相手ではありません……名前は「アイラ」です』

『アイラ……俺の母親と同じ名前なの？』

『そうです。まあ、レイトさんがいなくなってアイラさんが闇落《やみお》ちした……という展開ではないので安心してください』

『そんな展開になったら泣くわ』

『どちらにしろ、この人物に関しては現状ではどうしようもないので、腐敗竜のほうをなんとかしましょう。今はバルさん達がどのような行動を取るのか、見守ってください』

無駄話も少なめに、レイトはアイリスとの交信を終えた。

それからレイトは、彼女の助言通りにバルのあとに従うのだった。

◆◆◆

ヴァルキュリア騎士団が冒険都市ルノに到着してから、一時間後。

冒険者ギルド「黒虎」に、たくさんの人が訪れていた。

別の冒険者ギルドの者もおり、警備兵のほか、治療院から怪我人《けがにん》の治療のためにやって来た回復魔導士もいる。

冒険者ギルドの応接室には、冒険都市ルノの三人のギルドマスターが集まっていた。

「黒虎」のバルのほかに、「氷雨《ひさめ》」と「牙竜」のギルドを治《おさ》める者が来ている。

三人の表情は、そろって重苦しい。

いつもは澄ました顔の氷雨のギルドマスターのマリアでさえ、苛立ちを隠せないように紅茶を何度も口に運んでいた。

最初に口を開いたのは、牙竜のギルドマスター、ギガンだ。

巨人《ジャイアント》族のギガンは、ギルドマスターを務《つと》めると同時に、現役の冒険者として活動している。ギガンが今回の議題を告げる。

「ドラゴンゾンビ……いや、腐敗竜とやらを討伐するために、我らは集まったのではないのか？」

「分かっているわよ。そんなことは……」

「ちっ、まさかこんな形であんたと顔を合わせるなんてね」

マリアに続いて、バルが不機嫌そうに返答する。

ギガンがそんな二人を見て、いらいらしながら続ける。

「貴様らが嫌い合っているのは知っている。だが、時と場合をわきまえろ。まずは狩猟祭の件に関してだ。当然だが、中止になる」

「ま、仕方ないね」

「……気楽に言ってくれるじゃない？　うちとしては大損《おおぞん》よ」

「仕方なかろう。都市存亡《そんぼう》の危機だ」

狩猟祭は世界中の国が注目していた。

その中止は、冒険都市にとって大きな痛手《いたで》だが、腐敗竜が現れた以上、予定通り行えるはずがない。

毎年良い成績を残し、王国から多額の報酬を受け取っていた氷雨のマリアは、不服そうな表情を浮かべていた。しかし彼女といえど、今回は開催は不可能だと理解している。

ギガンが、改まったように言う。

「まずは、各ギルドから暗殺者の職業の者を派遣して、腐敗竜の斥候《せっこう》をしてもらおうと思う。異議はあるか？」

「うちに期待しないでくれよ。どっかの誰かさんのせいで腕利きが引き抜かれてるからねぇっ」

バルの軽口《かるくち》に、マリアが反応する。

「あら、甘いこと言うじゃない？　そもそも今回の件を知らせたのは、あなたのお気に入りのお姫様でしょう？　なら、あなたが全力を尽くすのが筋《すじ》じゃなくて？」

「ちっ、うちの暗殺者は、Dランクしかいないんだよ」

すると、ギガンが口を開く。

「それでも十分だ。俺からは、Bランクを二人派遣しよう」

「仕方ないわね……私のほうからは、Aランクを五人ほど貸してあげるわ」

ギガンがマリアを叱るように言う。

「他人事《ひとごと》のように語るんじゃない。俺達が力を合わせなければ、この都市は壊滅するぞ」

「大げさね……腐敗竜がこの都市を襲撃すると決まったわけじゃないんでしょう？」

「確証《かくしょう》があろうとなかろうと、放置すれば大勢の人間が犠牲《ぎせい》になるだろうが‼　少しは真《ま》面目《じめ》に取り組みなっ‼」

「……仕方ないわね」

バルとマリアは一頻《ひとしき》り睨み合うと――マリアは紅茶を机の上に荒々しく置いた。

それから、腐敗竜の情報が整理される。

現時点で分かっているのは、腐敗竜の誕生地は、冒険都市から馬で数時間ほどの山村であるということ。

交戦したヴァルキュリア騎士団によれば、腐敗竜は溶解性の高い煙《けむり》と液体を吐き散らすらしい。

弱点は日光。そのため、死霊使《ネクロマンサー》いが操る「使役獣《しえきじゅう》」でほぼ確定だろう。使役獣とは、死霊使《ネクロマンサー》いが闇属性の魔力で復活させた死霊《アンデッド》のこと。

魔物使いの「契約獣」と違う点は、使役獣は死霊使《ネクロマンサー》いの意のままに、その手足として完全に操作される。

マリアが意見を言う。

「腐敗竜よりも、直接、竜を操作している奴を探すほうがいいんじゃないの？」

「それは、腐敗竜の調査と並行してやる。あとな、もし発見できない場合は、腐敗竜の討伐を我々だけで成し遂《と》げる必要がある」

ギガンの発言に、バルが疑問の声を上げる。

「なんであたし達だけなんだよ？　王国軍にも頼ればいいじゃないか」

「相変《あいか》わらず馬鹿ね……今回の件で王国は動かないわよ」

「はあ？　何言ってるんだい……相手は伝説の魔物だぞ？　こんなときに無駄に高い税金で養っている軍隊をどうして派遣しないんだい？」

「……腐敗竜が必ずこの都市に向かうとは限らないでしょう？」

「どういう意味……まさか⁉」

バルに向かって、マリアは苛立たしげに告げる。

「王都に襲いかかる可能性も否定できないということよ。王国軍は当然ながら王都の防衛を優先するでしょうね」

「じゃあ、この都市を見捨てるつもりかい⁉」

「まだ確定したわけではないが……優先度はこの都市よりも、王都が高いだろうな」

「ふざけんなっ‼　討伐の軍さえ派遣しないつもりか‼」

「落ち着きなさい。まだ、国王は腐敗竜の存在に気づいてすらいないわ。もっとも、知ったところで、慎重な国王が、大事な兵士達を送ってくれるとは考えにくいけど」

マリアはそう言うとため息を吐き出した。ギガンも黙って頷いている。

バルが二人に尋ねる。

「それで、あんた達は何を考えているんだい？　何もせずに待っているつもりかい？」

「まさか？　そういうあなたこそ何か考えがあるの？」

「決まってんだろ？　ドラゴンゾンビだか腐敗竜だか知らないけど、うちの姫様をあんな目に遭わせたんだ。ぶっ倒すに決まってる……と言いたいところだけどね。伝説の竜を相手に、なんの策もなしに喧嘩を売るつもりはないよ」

「それならば、どうする気だ？」

ギガンの問いに、バルが答える。

「とにもかくにも、王都に連絡を送るべきだろ？　あの国王がどう動くかは知らないけど、あたしが親なら、自分の子供が危険な目に遭えば見過ごせない」

「甘いわね。まあ、好きにしたら？」

「だが、どうやって連絡を取るつもりだ？　夜は魔物の時間だぞ」

この世界の魔物のほとんどは夜行性である。そのため、日中は脅威《きょうい》ではない魔物でも夜を迎えると狂暴化《きょうぼうか》するのだ。

「あたしのところに、夜間も問題なく行動できる奴がいてね、そいつに頼もうと思っているのさ。もし何かあっても、あいつならなんとかできると信じているからね」

「あら？　そんな有能な人材、あなたのギルドにいたのかしら？　見落としていたわね……」

「だから、うちの人材を引き抜こうとするんじゃないよ‼」

「落ち着け……その冒険者は本当に信用できるのか？」

「うちのギルドで一番の実力を誇るよ。少し変わった奴でね……魔物使いでもないのに、最近はサイクロプスまで手懐けやがった」

「あのサイクロプスを？　興味深いわね……」

「それは心強いな、ならば、連絡はお前に任せる。そして、俺のほうから提案がある」

続いて、具体的な対抗策について議論することになった。ギガンは、実際に襲撃された場合のことを考え、どのように対処するのかを告げた。

「まず、警備兵は戦力には数えられない。役立たずとは言わないが、あまりにも戦闘経験がなさすぎる。ここは冒険者の都市だ……必然的に俺達冒険者が対応することになる」

「だけど、腐敗竜の危険度は間違いなくレベル5よ。伝説の魔物を相手に私達が敵《かな》うのかしら？」

「なんだい、あんたにしては気弱な発言だね。昔はどんな相手だろうと躊躇《ちゅうちょ》なく喧嘩を売っていたじゃないか」

「そうね……そのときは、安心して背中を任せられる相手がいたからよ」

「……ちっ」

「痴話《ちわ》喧嘩はあとにしろ。仮に奴が都市に接近した場合、対抗する手段の一つとして魔物商に依頼し、狩猟祭のために用意した魔物どもを利用する」

ギガンの意外な作戦に、マリアとバルは呆れた声を上げる。

「魔物を戦力として利用する気？」

「おいおい正気かい？　金にうるさい魔物商が協力してくれると思うのかい？」

「協力しなければ全員死ぬ……彼らも分かってくれるだろう」

バル、マリアがさらに作戦の欠点を指摘する。

「仮にその作戦が成功しても、あとで必ず金を請求されるよ。あいつらだって生活のために魔物を飼っているんだからね。それに、その作戦だと魔物使いどもも危険に晒されるよ」

「魔物商が、貴重な魔物使いも一緒に派遣するとは思えないわね」

「分かっている……これはあくまでも最終手段だ。ほかに作戦があるのなら聞こう」

ギガンがそう尋ねると、二人はため息をついた。

「作戦と言ってもね……そもそも、腐敗竜の討伐に冒険者が参加してくれるのかさえ疑問だよ」

「そうね、現時点では、腐敗竜は王国から討伐指定されていない。つまり、討伐に成功しても国からは報酬は支払われない……仮に冒険者が力を合わせて腐敗竜を倒しても、報酬がないんじゃ暴動《ぼうどう》が起きるわ」

「……竜種の素材を報酬にするのはどうだ？　腐敗竜の素材を分配すれば……」

「あいにくと今回の相手は腐ってるんだよ。そんな奴の素材が金になると思うかい？」

「むうっ……」

基本的に、竜種の素材は価値が高い。伝説の聖剣や魔剣の素材にも利用されるほどだが、腐敗竜は文字通りに全身が腐っていた。

三人はため息を吐き出し、非常に厄介な相手であることを改めて思い知らされるのだった。

◆
◆
◆

ギルドマスターの会議が難航《なんこう》している間。

レイトはギルドの酒場の机で、ゴンゾウとダインに向かい合っていた。

ダインが愚痴るように言う。

「はあ……どうしてこんなことになったんだよ」

「伝説のドラゴンゾンビの再来か……不謹慎《ふきんしん》かもしれないが、腕が鳴るな」

「お前は本当に呑気だな……もしかしたら、僕達全員が殺されるかもしれないんだぞ」

ゴンゾウの反応に呆れるダインに、レイトは尋ねる。

「ダインは、ドラゴンゾンビのことに詳しいの？」

「え？　まあ、別に詳しいというほどじゃないけど……一応は死霊使い《ネクロマンサー》が操作していた伝説の魔獣だからな。子供の頃に調べたことがあるだけだよ」

アイリスの声がレイトの脳内に響く。

『と、言ってますけど、実はものすごく調べているんですよ。彼、魔物の知識なら、所属する冒険者ギルドの中で一番を誇ります』

レイトはついでに、ギルドマスターの会議について尋ねる。

『会議はどんな感じ？』

『延々と対抗案を話し合ってますよ。この様子だと長引きそうですね。しかもバルさんは、どうやらレイトさんに王都の連絡役を任せるつもりですよ』

『え、なんで!?』

『レイトさんの飼っているウルとサイクロプスが原因ですね。この二体と行動をともにしていれば、夜間でも魔物を蹴散《けち》らして移動できますから』

実際に、レイトは先日の夜に草原を狼車で移動しており、その際に魔物に襲われてはいない。馬車に腐敗石を取りつけてあるというのもあるが、ウルが巨狼化していれば、襲いかかる魔物など存在しないのだ。

だが、レイトが連絡役を任せられるのはまずかった。彼は四年前まで指名手配されていた王族の隠し子であり、さすがに正体が見抜かれる可能性もある。

『どうしたらいい？』

『このまま逃げたらどうですか？　ここで逃げても責める人はいませんよ』

『皆を置いて？』

『はあ……まあ、レイトさんならそう言うと思いましたけど』

アイリスとしては、腐敗竜にはレイトは関わってほしくはないと思っていた。

だが、彼の性格を知っている以上、レイトが仲間を見捨てるはずがないと知っており、仕方なく助言する。

『腐敗竜にどうしても対抗したいなら、聖剣の力が必要不可欠《ふかけつ》です』

『サーヴァ〇トでも召喚するか……』

『いや、この世界の召喚魔法にガチャとかありませんから』

『だけど、聖剣なんて都合よくあるの？』

『数自体は割とありますよ。実は冒険都市にも聖剣があるんです。長年使われていなかったことで錆《さ》びついてますけど、とある武器マニアの富豪《ふごう》が保管しています。だから盗みましょう』

『ナチュラルに犯罪を勧《すす》めるな』

『だけど、それ以外に方法はありませんよ？　この富豪は性格が最悪なので、ただで他人に物を譲るようなことはしません』

『マジかよ……』

『罪を犯して人を救うか、それとも逃げるかの二択です。どうします？』

『分かったよ。終わったら、聖剣を返せばいいかな』

『律儀《りちぎ》な人ですね。別に、返す必要はないと思いますけど』

『バレないように協力してよ』

『分かりました。それならまずは、スラミンさんの力を利用しましょうか』

『そういえば、コトミンに返すのを忘れてたな』

レイトは、胸ポケットにいたスラミンに視線を向けた。

分体だが、本体と同じように意思があり、擬態能力を持っている。ただし、分裂した状態では変装できる範囲は限られる。

さっそくレイトは、アイリスの指示通りに行動することにし、ダインとゴンゾウに告げる。

「ちょっと外に出てくる」

「え？　どうしたんだよ、急に……」

「コトミン達が気になるのか？」

「まあね。五、六時間くらい出るだけだから」

「それ、全然ちょっとじゃないよね⁉　もう朝を迎えてるよ‼」

地が見える場所までやって来る。

すぐに「筋力強化」を発動させ、「跳躍」で建物の屋根を移動。あっという間に、目的

ダインとゴンゾウに別れを告げ、レイトはギルドから出た。

「冗談だよ」

「……もしかして魔物商？」

『そうですよ。この場所に聖剣が隠されています……気を引きしめてくださいね』

レイトがやって来たのは、都市北部にある巨大建築物だった。

城と言っても過言《かごん》ではない雰囲気で、アイリスによると、冒険都市が誕生する前に実在したバルトロス帝国の城を改築《かいちく》しているらしい。

数十年ほど前に魔物商が購入し、現在は魔物を収容する施設となっている。この時期は、狩猟祭のために集められた無数の魔物達が管理されているとのこと。

周囲の住人は、「魔獣城《まじゅうじょう》」と呼んでいるらしい。

城に忍び込むため、レイトは収納魔法を発動して目立たぬ服に着替える。さらに、サイクロプスを拘束した際に使った鎖を腕に巻きつけ、暗殺者の技能スキルを駆使《くし》して移動していく。

「こういうときも便利だよね、『跳躍』スキルは」

『レイトさんが一番得意なスキルですよね』

暗闇に紛《まぎ》れながら、レイトはどこか楽しそうに屋根を「跳躍」していく。

「そろそろ人が多くなってきたな……念のために地上から移動するか」

『そうですね。暗殺者のスキルを発動しているからといって油断しないでくださいね。同業者には、スキルは通用しにくいんですから』

城の手前にまで移動すると、レイトは地上に降りた。

そして、暗殺者の「暗視」「隠密」「無音歩行」「気配遮断」「気配感知」の技能スキルを発動する。

複数のスキルを同時に発動するのは、体力を大きく消耗《しょうもう》するのだが、幼少の頃から身体を鍛えてきた彼にはなんの問題もなかった。

レイトは周囲の様子をうかがいながら、城に侵入できる出入り口を探す。

城を取り囲む防壁上部を見上げると、見回りの兵士がいた。彼らに注意しながら防壁に沿《そ》って移動する。

その気になれば「跳躍」スキルや腕に巻きつけた鎖で、防壁を乗り越えることはできる。だが、レイトはアイリスの助言に従って慎重に行動していた。

『いいですか？　今回の潜入《せんにゅう》で目指すのは、誰にも見つからずに聖剣を盗むことです。一人にでも見つかれば、すぐに撤退してください』

『分かった、大佐』

『誰が大佐ですかっ……あ、そこの角《かど》を曲《ま》がると、兵士と鉢合《はちあ》わせしますから気をつけてください』

アイリスの言葉を聞いたレイトは、すぐにその場を離れる。

彼女の言葉通り、革鎧をまとった兵士が通りかかる。その様子を遠目《とおめ》で確認しながら、レイトは侵入方法をアイリスに尋ねる。

『ここからどうやって進む？　あいつらに化けて中に忍び込めないの？』

『そうですね……スラミンさんを利用すれば顔は変えられますけど、格好が問題ですね。兵士の人達から奪いましょう』

『奪うって……目立つ行動は避けろと言ってたよね？』

『大丈夫です。今から三分後に通りかかる兵士を気絶させてください。その人は普段から勤務《きんむ》態度が悪く、仕事中に酒を飲むことで有名な人ですから。仮に、いなくなったことが知られても、仕事をサボっていると思われて問題にはなりません」

『なるほど、でも、その男はどうする？』

『適当に気絶させて、酒瓶を抱かせて放置しておきましょう。その人は今月中でクビになる予定なので、気にしないでいいです。人が見かけても、飲んだくれてるとしか思いませんから』

『どんな奴だよ……』

レイトは、城の向かい側《がわ》にある建物の陰に隠れる。すると、情報通りに、勤務中にもかかわらず酒瓶を片手に見回りする中年男性の兵士が現れた。

すでに酔《よ》っ払《ぱら》っているのか、足元をふらつかせながら歩いている。

「ひっく……くそ、酒が切れた……誰か持ってこぉいっ‼」

『仕事中なのに偉《えら》そうですね……レイトさん、やっちゃってください』

「あいよ」

「うぐっ⁉」

酔っ払った兵士の背後に、レイトは足音を立てずに忍び寄る。そして、後方から抱きついてその首を両腕で締めつけた。

兵士は少し暴《あば》れたが、すぐに意識を失って動かなくなる。酒瓶はその手元から落ちていた。

「ふうっ……死んでないよね？」

『気絶しただけですよ。ほら、早く別の場所に移動させてください‼　酒瓶も忘れたらだめですよ‼』

気絶した男と地面に転《ころ》がった酒瓶を回収したレイトは、その場を移動する。

誰にも見つからない場所までやって来ると、兵士の革鎧と兜を回収する。兵士が握りしめていた槍《やり》も取っておいた。

それから、男に空《から》になった酒瓶を抱きしめさせると、地面に横たわらせる。念のため、風邪を引かないように毛布を身体にかけておいた。

「これでよし……こちらは黒蛇、潜入を開始する」

『どこに、黒蛇の要素があるんですか』

某《ぼう》ステルスゲームの主人公のような台詞を呟きながら、レイトは胸元に隠れていたスラミンを取り出して指示を与える。

「スラミン、この男の人の顔に化けて」

「ぷるるんっ」

スラミンを顔に彼を張りつかせ、酔っ払った兵士の顔に変化させる。そうして兵士に化けたレイトは正面から城内に潜入を試みた。

「ここの警備、ザルだな……身長が結構違うのに怪《あや》しまれずに入れた」

『まあ、こちらとしては都合が良いですけどね』

レイトは城内を堂々と移動していた。

見回りの兵士に何度も遭遇したが、怪しまれることはいっさいなかった。そのままアイリスの助言を頼りに、聖剣が保管されているという地下倉庫に向かう。

「グルルルッ……‼」

「ん？　なんだこいつ……」

『城内には、魔物使いの契約獣も配置されているんですよ。人間は襲わないように指示されていますが、不審《ふしん》人物を発見したら報告するように調教されています』

　アイリスの説明を聞きつつレイトが素通りしようとすると、魔獣は何か察知したのか、レイトに向かって吠《ほ》えようとする。

「ウォンッ‼」

「……あっ？」

　レイトは魔獣を睨みつける。

「ッ⁉　ク、クゥ～ンッ……」

「よし、いい子だ」

『さすがはウルの飼い主……眼光だけで黙らせましたね』

　ウルを叱りつける要領《ようりょう》で、魔獣を黙らせたレイト。魔獣は自分には敵《かな》わない存在だと判断したようで、大人しくなって廊下《ろうか》を明け渡した。

「こっちか」

『そこを右です。入り組んでますから、定期的に伝えますね』

「分かった。アイリスは便利な女だな……」

『その言い方はやめてください。交信をやめますよ？』

迷路《めいろ》のように複雑《ふくざつ》な城の通路を、周囲の警戒を怠《おこた》らずレイトは移動していく。何度か施錠《せじょう》された扉を発見したが、錬金術師の「形状変化」で鍵《かぎ》を作って突破《とっぱ》していく。

潜入を開始してから十数分後、レイトはついに地下の倉庫に通じる階段を発見した。

「見張りが二人いるな……麻酔銃《ますいじゅう》でも持ってくれば良かった」

『そんな便利な物はありませんよ。注意を逸らす必要がありますね。もう少ししたら通路を巡回《じゅんかい》する契約獣が通り過ぎるはずですから、様子を見ましょう』

レイトは通路の柱の陰に隠れる。

そうして、階段の見張りに視線を向けた。どちらも普通の兵士の格好ではなく、質の良い鎧と武器を身に着けている。

二人の兵士の様子をうかがっていると、反対側の通路から契約獣のオークの団体が現れた。オークは頭を掻きながら通路を巡回していく。

「ちっ……豚どもが、通るたびに臭いんだよ」

「我慢しろ、これも仕事だぞ」

「プギィイイッ……」

二人の見張りは、オークが放つ悪臭に顔をしかめていた。

　レイトは柱の陰に上手く隠れながら、「氷塊」の魔法を発動させて、指先に小さな氷を生み出す。そして、それを最後尾のオークの頭部に叩きつけた。

「プギィッ⁉」

「プギャッ⁉」

　最後尾のオークが怒って振り返り、近くにいた別の個体を突き飛ばした。

「プギャアアアアッ‼」

「プギィッ⁉」

「うわっ⁉」

「な、なんだ⁉」

　突如、暴れ出したオーク達を見て、動揺する見張り達。さらに、レイトが氷をぶつけていくと、オーク達は同族同士で乱闘を始めた。

「プギャッ⁉」

「プギィッ⁉」

「プギィイイイッ‼」

　見張り達が止めようと動き出す。

「ど、どうなってるんだ⁉」

「くそ、また暴走か‼　こいつらを操作している魔物使いはどいつだ‼」

その隙を逃さず、レイトは天井に向けて「跳躍」する。そして天井を足場にして、一気に階段に向けて飛び込んだ。

「作戦成功」

『やりましたね』

「でも、戻るときはどうするんだろうな……まあ、なるようになるだろ」

レイトは、足音を立てないように「無音歩行」の技能スキルを活《い》かし、階段を駆け下りる。そうして彼がたどり着いたのは、鏡のように表面が煌《きら》めく扉の前だった。

レイトは一目で、その扉の材質が魔法金属であることに気づく。

『これはまずいですね……この扉は魔法耐性が高い素材で構成されています。だから魔法の力で破壊することは難しいです』

『魔法金属か……ということは、「形状変化」のスキルも通用しないのか。扉以外の箇所に「形状変化」を発動させて中に入り込むか？』

『いえ、それだと時間がかかりすぎます。仕方ありませんね……ついに、レイトさんが進化を迎えるときが来ましたか』

『え？　俺はメ〇ストーンは持ってないよ？』

『唐突なポケ〇ンネタを挟まないでください。しかも、ネタが古いですし……今まで使用していなかったSP《スキルポイント》が余っていますね。それを使って、さらに能力を強化するときが来ました』

『ＳＰ……？』

『今回強化するのは錬金術師の能力です。さあ、「金属変換」の能力を強化しますよ‼』

アイリスに促されるままに、レイトはステータス画面を開く。

「まずはどうすればいい？」

『錬金術師専用スキルの、熟練度の上限を上げてください。ＳＰを使用すれば、最大で10まで限界値が伸びるはずです』

「これか……」

アイリスの指示通り、レイトはステータス画面を見る。

そしてＳＰを消費して、「金属変換」「形状変化」「物質強化」のスキルの熟練度の上限を更新する。

消費したＳＰは15。一つのスキルを上げるためにＳＰを5も消費したことになる。

〈ステータスの更新を完了しました。これより、スキルの熟練度の上限が解除されます〉

「……うわ、びっくりした。急にアイリスが、頭の中で変なことを言い出したかと思った」

『なんでですか。私はシステムボイスじゃないんですよ』

「なんかお前、普通にしゃべれるようになってない？」

『レイトさんの波長《はちょう》もだいぶつかみましたからね。それでどうですか？　ステータス画面に変化はありました？』

「えっと……あれ？」

　更新した錬金術師の専用スキルを確認すると、それまで5だった熟練度の上限が10に上がっている。ただし、ちょっと違和感があった。

【錬金術師専用スキル】
金属変換――対象を別の金属に変換させる〔熟練度：10（限界値）〕
物質強化――物体の耐久力を強化させる〔熟練度：10（限界値）〕
形状変化――物体の形状を変化させる〔熟練度：10（限界値）〕

　更新したばかりだというのに、すでに限界値の10に到達しているのだ。慌てて彼はアイリスに質問する。

「もう限界値になってるんだけど……」

『熟練度の上限が上昇する前から、レイトさんがスキルを極《きわ》めていたからですよ。ゲームでたとえるなら、レベルが最高値に達している状態から入手した経験値が、引き継がれたようなものです』

「なるほど……それでどうなるの？」

『新しい項目が生まれているはずです。それを確認してください』

アイリスの指示通り確認すると、文章が表示されていた。


〈熟練度が限界値に到達したスキルの進化が可能です。進化させますか？〉


「なんだこりゃ？」

『引き上げた限界値に到達したことで、スキルを進化させることが可能になりました。なお、進化させた場合、熟練度はリセットされます』

「なるほど……」

レイトは迷うことなく、スキルを進化させた。錬金術師の専用スキルは、次のように変化した。


【錬金術師専用スキル】

物質変換——対象の物質を別の物質に変換させる
物質超強化——物体の耐久力を大幅に強化させる
形状高速変化——物体の形状を即座に変化させる

レイトは「物質変換」の項目を見ながら、アイリスに質問する。

「この『物質変換』のスキルはもしかして……」

『レイトさんの予想通り、今までどうしようもなかった金属も対象になります。つまり、「金属変換」では扱えなかった魔法金属も変換できるようになったんですよ』

「やった！　ということはこの扉も？」

『さあ‼　錬金術師の能力を発揮《はっき》してください‼　今のあなたならできるはずです‼』

「テンション高いな……」

レイトは目の前の魔法金属製の扉に両手をつけ、「金属変換」を使う要領で「物質変換」を発動させる。

すると、鏡のように光り輝いていた魔法金属製の扉がゆっくり変化していった。

「これは……すごいな」

熟練度がリセットされてしまったせいで時間はかかったが、反鏡石《はんきょうせき》という鉱石からなる魔法金属の扉が徐々に、ただの鉄の扉になっていく。

レイトは目眩《めまい》を感じ呟く。

「うっ……だけど、だいぶ疲れるな、このスキル」

『スキルが強化されたぶん、消耗も激しくなってるんです。それでも、十分にお釣りが返ってくるほどの性能ですけどね』

「『物質変換』の効果時間は？」

『「金属変換」と同じで長時間は保ちません。今のレイトさんだと、手を離したらすぐ元に戻りますね』

「なら、今のうちに鍵をどうにかしないと……えっと、『形状高速変化』だっけ？」

続いてレイトは扉を解錠《かいじょう》すべく、「形状高速変化」を発動させる。「形状変化」以上に複雑な変形が可能となり、その速度も上昇したようだ。

無事に扉を解錠し、レイトは中に入ったが、そこで急激《きゅうげき》な頭痛が襲ってくる。

「ううっ……頭が痛い」

『まだ慣れていない影響ですね。魔法を使い始めた頃に戻ったと考えて我慢してください』

また、倉庫に入ってすぐ錬金術の効果は切れ、扉は元の魔法金属に戻ってしまった。レイトは頭を押さえつつ、倉庫内を進む。

「ここが倉庫か……『光球』」

まず周囲を照らすため、初級魔法を発動する。光の塊をいくつも浮遊させ、懐中電灯《かいちゅう》代わりにしながら室内を見回す。

「……なんか、ずいぶんと埃臭《ほこりくさ》いな」

『長年使われてませんからね。中にあるのは、帝国時代に製造された武器の類《たぐい》です。ほとんどが錆びついてますけど、鍛え直せば十分に使える物もありますよ』

「その中の一つが聖剣というわけか……どこにある？」

『奥のほうです。倉庫の中でもっとも小さな箱の中に入ってますから』

レイトはアイリスに確認しつつ、倉庫の奥を目指した。

「それにしても……かなり埃《ほこり》が溜《た》まっているな。スラミン、マスクに変身して」

「ぷるぷるっ」

スラミンのマスクをつけつつ、倉庫奥にたどり着く。アイリスが言っていように、そこには比較的小さな箱があった。

「この箱か……開けても問題ないよな」

『どうぞ～』

「せぇのっ……おらぁっ‼」

箱の蓋を勢いよく開けると、大量の埃が放たれた。埃を振り払って中身を確認する。

そこには、錆びついた長剣が入っていた。元々は美しい宝剣《ほうけん》だったのだろう。だが、目の前の剣は全体的に汚れ、ところどころ傷だらけだった。

　レイトはアイリスに交信する。

『これ？』

『ですね。現在は力を失っているのでひどいですが、それでも聖剣の中で三本指に入るほどの力を持つ武器です。名前はカラドボルグ。世界最古の聖剣です』

『カラドボルグ……たしか一説には、エクスカリバーの原型とも言われている聖剣か』

『詳しいですね。それもゲームの知識ですか？　こちらの世界では、雷属性と聖属性の力を併《あわ》せ持っています。だけど、現時点では使い物になりませんね』

『それは見れば分かるよ。俺の、進化した錬金術で修復できる？』

『さっそくスキルを試したい気持ちは分かりますが……そうはいかないんですよ。問題なのは、取りつけられている魔水晶です。「雷光石《らいこうせき》」が埋め込まれているんですが、現在は使用できません。雷属性の魔法を扱える人でないとダメなんです』

『雷属性か……俺は覚えてないな』

『まあ、その辺はあとでなんとかしましょう。ひとまず、聖剣を回収して逃げましょうか』

『どうやって逃げるの？　また戻ってきた道を引き返す？』

『実は、この地下倉庫には隠し通路があるんです。元々はお城ですからね。王族が逃げ出すための脱出路ってやつです。ちなみにこの秘密は、現在の城の所有者も知りません』

『脱出路か……どこにある？』

『天井を見てください。よく見てみると魔法陣が刻まれてますよね？　そこに向けて、どの属性の魔法でも良いので攻撃するんです。ちなみに倉庫内なら、多少の騒音《そうおん》は漏れないはずですよ』

アイリスと交信を終えたレイトは「観察眼」で天井を確認する。彼女の言葉通り、そこには魔法陣が刻まれていた。

さっそくレイトは、天井に向けて初級魔法を放った。

「『風圧』‼」

魔力の塊が魔法陣に衝突した瞬間――魔法陣が光り輝き、レイトの後ろの壁が埃を巻き上げながら左右に開いた。

隠し通路が露《あら》わになる。

大がかりな仕掛けに驚きながらも、レイトは聖剣を収納魔法でささっと回収し、そのまま隠し通路に入った。

『この先はどこにつながってる？』

『かつては城外の時計塔につながってました。現在は時計塔が解体されてるので、なんでもない空《あ》き地につながっています。以前見かけた、転移魔法を使用した人を覚えています？』

　アイリスに問われ、レイトは思い出す。たしかに、そんな人物を見たような覚えがある。初めてコトミンと会った空《あ》き地で、フードを被った不気味な人物が転移したのを目撃したのだ。

『ともかく、その空《あ》き地につながっているんです』

『……地上に出るときはどうすればいいんだ？』

『出入り口は土で覆われていますから、魔法で吹き飛ばしてください。それで、騒ぎになる前に逃げ出し、あとはギルドには戻らず、レイトさんの自宅に行きましょう』

　アイリスの助言を聞きつつ、レイトは隠し通路を進む。

「ずいぶんと長いな……何百年も使われてないのに、なんで照明まであるんだろ？」

『それは光石ですよ。ゴンゾウさんと一緒に見つけましたよね。その鉱石を天井にはめて、水晶材で固定しているんです』

「なるほど」

　王族の脱出路のために作られた通路だけあって、複雑な構造をしていた。

　正しい道順を知らなければ確実に迷いそうだが、レイトはアイリスの助言を聞きながら順調に進んでいった。

「罠《わな》はないの？」

『ありますけど、道順が正しければ引っかかる心配はありませんよ。あ、そこの上につながる梯子《はしご》が出口です。さっきも言ったように魔法で破壊してください』

「分かったよ……あれか」

レイトは見上げ、天井に出入り口の蓋を発見する。さっそく攻撃魔法を発動しようとし、ふとあることを思い出す。

『アイリス、今聞くのもおかしいんだけどさ。俺、ゲインとの戦闘のときに「重力剣」を発動させたよな』

『そうですね、それがどうかしました？』

『あのとき俺は「重力剣」に「魔力強化」を重ねたけど、これっておかしくないかなって思って。そもそも「重力剣」は「重撃」を剣に応用したスキルで、元は「土塊」と「魔力強化」を組み合わせたものだろ。なんで「魔力強化」を重ねがけできたんだ？』

『なるほど』

ゲイン戦でレイトは「重力剣」を強化するため「魔力強化」を発動させた。

それでは「魔力強化」を重ねがけしたことになるが……これまでに「魔力強化」の重ねがけに成功したことはなかった。

どうしてだろうと思い、アイリスに尋ねると、彼女は丁寧に説明してくれた。

『技術スキルとして発現した能力も、一つのスキルとして確立されるんですよ。元となった能力が複数のスキルの発動が条件だとしても、技術スキルとして芽生《めば》えたのならば関係ないんです。つまり重ねがけできたわけではないんです』

『え？　そういうことなんだ』

『試しに、「火球」と「魔力強化」の組み合わせによってできた技術スキル「火炎弾」に「魔力強化」を発動させてみたらどうですか？　「重力剣」と同様にできますから』

『マジで？』

レイトは天井に視線を向けつつ、手を構える。

彼が今使える魔法でもっとも強力なのは「火炎弾」だった。それに、「魔力強化」を発動させたら、いったいどうなるのか。

彼は少しだけ興奮しつつ、魔法を発動する。

「『火炎弾』‼」

通常なら「火球」が砲弾のように放たれるはずだが、彼の手からは光線のような爆炎《ばくえん》が放射され――

出入り口を瞬時に吹き飛ばした。

「うわっ⁉」

大地震が起きたように、通路内が激しく揺れる。光線が直撃した一帯は吹き飛ばされ、大きな穴が空《あ》いていた。

レイトの視界に新しい技術スキルが表示されるが、それを確認している余裕はない。

『おめでとうございます。また新しいスキルを覚えましたね……だけど今は早く逃げてください‼　轟音《ごうおん》を聞きつけて人が来ますよ‼』

レイトは隠し通路から脱出し、なんとか地上に這い出るのだった。

◆　◆　◆

「ぷるんっ」

「あ、もう離れてもいいよ、スラミン……ありがとな」

「ぷるぷるっ……」

顔に張りついていたスラミンを剥がし、胸元のポケットに移動させてから、レイトは「跳躍」スキルで移動した。

目指すは、冒険都市にある自宅だ。

「戻ったらどうすればいい？」

『自宅に行ったあとは、ウルさん達を引き連れてギルドに戻ってください。カラドボルグは誰にも見つからないように保管してくださいよ』

レイトはアイリスの助言に従い、ウル達の待つ自宅に向けて急いだ。

屋根の上を「跳躍」し、自宅前までやって来る。

夜中にもかかわらず、来客らしい。レイトの家の前に見覚えのある馬車がいくつか止まっていた。レイトが不思議に思っていると、ティナが駆けつけてくる。

「やっと戻ってきてくれたんだね‼」

「ティナ？　それにリンダさんまで……」

ティナの後ろには、リンダをはじめとした護衛の森人《エルフ》族達がいた。

リンダが物々《ものもの》しく言う。

「夜分遅くに失礼します……良かった、ご無事だったのですね」

「無事？　どうかしたんですか？」

レイトが首を傾げつつ応対していると、騒ぎを聞きつけたのか、家の中からウル、サイクロプス、コトミンが現れた。

「ウォンッ‼」

「キュロロッ？」

「レイトの声がする……やっぱりいた」

駆け寄ってきたウル達に、レイトは笑みを向ける。

「あ、ただいま……皆、いい子にしてたか～？」

巨大な魔獣が現れたことに驚いた護衛達は武器を構えたが――ティナがウルに走り寄って抱きつく。

「ウルちゃ～んっ‼」

「ウォンッ⁉」

困惑する護衛達をよそに、ティナはウルの毛並みに顔を埋めた。

サイクロプスは、そんなティナを見て不思議そうにしていた。やがて、ティナのほうもサイクロプスに気づく。

ティナはウルから離れると、その大きな身体に手を伸ばす。

「うわ～やっぱり大きいね。レイト君、この子の名前はなんていうの？」

「名前か……アインでどうかな？」

「キュロロッ♪」

レイトが思いつきで口にしたにもかかわらず、サイクロプスはその名前が気に入ったらしい。

「じゃあ、アイン君だね‼　よろしくね、アイン君‼」

そこへ、コトミンが口を挟む。

「違う、この子は雌《めす》だから、アインちゃん」

「「「えっ⁉」」」

サイクロプスが女の子だと知って、その場にいた多くの者達が声を上げた。

一方、アインは警戒せずに触れてくるティナに興味を持ったらしい。彼女に向かって手を伸ばすと、そのまま抱き上げて肩に乗せる。

「キュロロッ」

「わあっ……すごく高いっ‼」

「ひ、姫様、いけません‼　姫様が魔物使いだとしても、そのような魔物と触れ合っては‼」

護衛の一人が、慌ててティナを注意した。

「え、ティナは魔物使いなの？」

「そうだよ～。契約に成功したことはないけどね」

レイトの質問に、ティナはアインの肩に乗ったまま頷く。ティナはアインの頭を抱きしめながら、そこから見える景色を堪能していた。

レイトはティナを見て笑みを浮かべつつ、リンダに顔を向ける。

「そういえばどうして俺の家に？　何か用事でもあったんですか？」

すると、リンダは急に表情を強張らせた。

「それが……申し訳ありません‼　ライコフが逃げてしまったのです‼」

彼女によると、宿屋の一室に閉じ込めておいたライコフが、見張りの森人族《エルフ》数人とともにに逃げ出したらしい。

ここを訪れたのは、ライコフがレイトを襲撃するのではないかと考えたためとのことだった。

「どうやって抜け出したんですか？　ひどい怪我だったのに……」

「ライコフは回復薬を隠し持っていたのです。しかし、見張りがなぜ彼に協力したのかはまったくの不明で……」

「じゃあ今は、ライコフを追ってるんですか？」

「部下に捜索を命じていますが、未だに何もつかめていません。まるで転移魔法を使用したように、痕跡を残していないのも気になりますが……まあともかく、レイト様もご無事だったようですね。今日のところは、宿に戻りましょうか」

リンダはそう言うと笑みを浮かべた。レイトは、どこかのんびりしている彼女達を見て、ふと疑問に思った。

「もしかして腐敗竜の一件は聞いていない？」

「えっ？」

「ふはいりゅう？」

混乱を避けるためか、冒険都市の訪問客にすぎない森人《エルフ》族達には伝えられていなかったようだ。レイトは、彼女達に一連の出来事を説明する。

「……腐敗した竜種が復活したのか？」

「その竜種が騎士団を襲ったというのが気になるな……我らが知っている性質とは違う」

「我らが知っている？　え、どういうことですか？」

森人族《エルフ》の呟きを聞いて、レイトがそう質問すると、リンダはほかの者と顔を見合わせた。

そして一人頷くと、リンダは説明し出した。

「実は、我々の国にも過去にそういう竜が現れたことがあるんです……四十年ほど前に」

「えっ……腐敗竜が⁉」

「私達の間では不死竜《ふしりゅう》と呼ばれています。不死竜もレイト様がお話しになった腐敗竜と同じく、死んだ個体から誕生しました」

「……やっぱり、死霊使い《ネクロマンサー》が生み出したんですか？」

「それは分かりません。不死竜は三日ほど活動していましたが、その被害は森でいくつかの木を倒した程度。それだけで自滅《じめつ》しました」

「え、そんな感じ？　伝説の竜じゃないんですか？」

「不死竜を操っていた死霊使い《ネクロマンサー》を捕まえたとき、彼は言っていました。不死竜は操作できるものではないと。実際、不死竜は姿こそ現したもののまったく行動を起こさず、ずっと森の中で眠り続けているだけでした」

「そうなんだ。でも、こっちの腐敗竜はヴァルキュリア騎士団を襲って……」

　レイトがそう言うとリンダは考え込み、しばらくして口にする。

「もしかしたらですが、騎士団のほうから刺激してしまったのではないですか？　不死竜も近づく者には攻撃的でしたから。とはいえ、こちらから仕掛けなければ、攻撃してくるようなことはないと思います」

　リンダの話が本当なら、腐敗竜も脅威ではないかもしれない。

　レイトはそう思いつつも、過去に現れたドラゴンゾンビのことがふと頭をよぎった。ドラゴンゾンビは大きな被害を与えたはずなのだ。

「ドラゴンゾンビのことは知っていますか？」

「ええ、人間の領地で暴れ回った竜のことですね。たしか、いくつかの街を滅ぼしたと聞いています……」

　リンダはそこでいったん区切ると、さらに続ける。

「竜種を操れるまでに、死霊使い《ネクロマンサー》の力量《レベル》が高かったのでしょう。ただし、どんなに優秀な死霊使い《ネクロマンサー》だって、竜種を使役すれば大きな負担がかかります。実際、不死竜を操作した死霊使い《ネクロマンサー》は、何もしなかったにもかかわらず死亡しています。ドラゴンゾンビのほうも、わずかな日数しか保たなかったと聞きました」

「なるほど。どちらにしても竜種はなかなか使役することはできない。仮に成功しても、長期間は操れないということですね」

「そうです。それに、不死竜も日光を嫌っていました。ですから、夜さえ明けてしまえば恐れるようなことでもないように思います」

レイトはリンダに相談するように、心配を口にする。

「それでも、冒険都市に襲いかからないとは言いきれませんよね……」

「話を伺《うかが》った限りでは、腐敗竜が出現した場所から冒険都市はそれほど離れていないようです。それにもかかわらず訪れないということは、死霊使《ネクロマンサー》いも腐敗竜を操りきれていないのではないでしょうか」

「そう、ですね……」

リンダの説によると、腐敗竜はヨツバ王国に現れた不死竜と変わらず、脅威ではないということだった。

それはたしかな説得力を持っていたが、その一方でレイトは嫌な引っかかりを感じていた。アイリスからは、腐敗竜を復活させた死霊使《ネクロマンサー》いは相当の実力者だと伝えられていたのだ。

レイトは、念のため彼女と交信する。

『アイン‼』

『それは、さっき名づけたサイクロプスの名前ですね。私と名前が少し被りましたが……それはともかく、今回の腐敗竜の行動について聞きたいんですね』

『リンダはこう言っているけど、実際のところどうなの？』

『腐敗竜は、間違いなくこの都市を襲撃します。現在、腐敗竜に動きが見られないのは、死霊使い《ネクロマンサー》のアイラがそうしているだけです』

『そのアイラが……ああもう！　この名前だと母上を想像するな。別の呼び名とかはないの？』

『それなら、「キラウ」という名前を使いましょう。本人は嫌ってますが、裏の人間の間では彼女はそう呼ばれています』

『へえ……なら、これからはそう呼ぶか』

そんなわけで、件《くだん》の死霊使い《ネクロマンサー》は「キラウ」と呼称することに決まった。レイトはアイリスに尋ねる。

『それで、そのキラウは腐敗竜でここを襲うつもり？』

『そういうことです。ぶっちゃければ、キラウは旧帝国《エンパイア》に雇われた刺客です。旧帝国《エンパイア》も自分達が追い詰められていることを悟り、最後の手段に出たんですよ。裏の世界でも最悪の部類の殺し屋を雇ったというわけですね。キラウは旧帝国《エンパイア》を通して、腐敗竜を手に入れたみたいですね』

『最悪の展開だな……キラウは今はどうしてる？』

『最強の死霊使い《ネクロマンサー》といえど、竜種を完全に操作するまでには時間がかかるみたいですね。

もうしばらくは動かないと思いますが……せいぜい猶予《ゆうよ》は、数日程度です』

『その間に、腐敗竜を打ち倒す対策を立てないと都市は滅びるのか……ところで、腐敗竜が王都に向かう可能性は？』

『最初に襲うという意味では、ゼロです。まず冒険都市を襲撃し、次に王都を襲撃するという計画を立てていますね。さらに最悪なことに、現在、都市に雨雲が近づいています。このままだと、翌日の朝から雨が降り、日光が遮られますね』

『本当に最悪なタイミングだな……くそっ』

敵に都合が良い方向に状況が進んでいる。

こうなれば一刻も早く、腐敗竜の対抗策である聖剣を復活させなければならない。レイトはそう思いつつ、アイリスに尋ねる。

『これからどうすればいい？』

『レイトさんも分かってると思いますが、カラドボルグの修理が最優先事項です。レイトさんの能力で一時的に直す方法もありますが、やはり、腕利きの鍛冶職人に頼むしかありません。それと別件ですが、ティナさん達にも協力してもらいましょうか』

『協力？』

『腐敗竜が襲撃してきた場合、彼女達も無事では済みません。だから、森人族《エルフ》の王族の権力を利用し、バルトロス王国を動かして軍を派遣してもらうのです。他国の王女に自国内で死なれるのは、外交問題的に避けたいでしょう。下手をしたら、森人族《エルフ》との戦争に発展しますからね』
『だけど、どうやって協力してもらえば……』
『しょうがないですね……それなら私の言葉通りに伝えてください。かくかくしかじか……』
『古い表現方法だな……』

アイリスとの交信後――レイトは彼女に指示されたように収納魔法を発動させる。そして、森人族《エルフ》との取引の材料として、カラドボルグを取り出した。

レイトが目の前で収納魔法を発動したことで、森人族《エルフ》達は驚きの声を上げた。

「……収納魔法？　ということはお主、支援魔術師か？」

「何？　あの不遇職の……」

「姫様の命の恩人に失礼ですよ!!　口を慎《つつし》みなさい!!」

「あ、いえ……気にしないでください、リンダさん。なんだか久しぶりだな……」

自分の職業が、この世界で不遇職として扱われているのを久しぶりに思い出しながら、レイトはリンダに聖剣を差し出した。

リンダは錆だらけの剣を受け取り困惑するが――すぐに剣に埋め込まれている魔水晶に

気づき、目を見開く。

「これは……」

「聖剣……カラドボルグです」

レイトの言葉に、周囲が一斉にざわめく。

「「カ、カラドボルグ!?」」

「からどぼるぐ?」

「ウォンッ?」

「キュロロッ?」

「ぷるぷるっ」

「スラミンが水を欲しがってる……たんとお飲み」

真面目な会話の最中にもかかわらず、コトミンがスラミンに呑気に水をあげているのを少し気にしつつ、レイトは真剣な表情でリンダを見つめる。

リンダも目つきを変えて、レイトに視線を向ける。

「これが、あの伝説の雷光の聖剣? 錆びついた剣にしか見えませんが」

「その魔水晶は、雷光石と呼ばれる特別な魔石の塊です。『鑑定』のスキルを持っている人がいたら確認してみてください」

するとさっそくリンダが「鑑定」スキルを習得している者に確認させる。しばらくした後、冷や汗を流しつつ、その結果を告げる。

「……たしかにその通りですね」

埋め込まれている魔水晶には、王国の紋様が刻まれていた。聖剣カラドボルグで間違いないことが、この場で証明された。

だが、世間ではカラドボルグは過去の戦争で消失したと伝わっているはずだった。リンダはレイトに尋ねる。

「これは本物だと分かりました。ですが、なぜこの剣をあなたが持っているんですか？」

「それは……とりあえず、家の中で話しませんか？　ほかの人間に気づかれるとまずいので……」

「それなら大丈夫です。ライコフの件でこの周辺を調査しましたが、近隣《きんりん》住民はいません。元々、人が住んではいなかったようです」

「あ、だから、引っ越し蕎麦《そば》を持っていったのに誰にも会えなかったのか」

『え、そんなことしてたんですか？　なんて律儀な……』

レイトは今さらながら、周辺に人が住んでいないという事実を知った。

それはともかく、彼は懐に手を伸ばした。その行動に、森人族《エルフ》の護衛達が武器を構えるが、リンダが制止する。

レイトは、懐の解体用のナイフを握りしめると、強化した錬金術師の能力を発動させた。

懐から手を出すと、そこにあったのはナイフではなく――

金剛石《ダイヤモンド》のように光り輝く宝石だった。バルトロス王国の王族しか持つことが許されない「聖光石《せいこうせき》」である。

レイトが屋敷を抜け出す前に母親アイラから渡され、結局、持ち出すことができず置いていったその王族の証《あかし》を、錬金術師の能力で再現したのだ。

「これが何か……分かりますか？」

「それは？　宝石のように見えますが……こ、これは!?」

リンダは「鑑定」のスキルを発動させており、ティナもまた反応を示した。

「バルトロス王国の王女さんが持っていたペンダントと似てるね？」

アイリスの声が、レイトの脳内に響く。

『ふっふっふっ……錬金術で生み出した物は、「鑑定」では見抜けませんよ。まあ、レイトさんの手から離れれば、能力が解除されて気づかれますけどね』

レイトは、王家の者しか所持することを許されない「聖光石」を錬金術で作るという、一か八かの賭《か》けに出たのだった。

「た、たしかにこれは聖光石です……ですが、どうしてあなたがこれを？」

声を震わせるリンダに、レイトは言う。

「その聖剣は元々は王国の物……そして、王家の証を持つ人間がここにいる。ここまで言っても分かりませんか？」

「ま、まさかっ⁉　あなたは……いえ、あなた様は……⁉」

するとティナが呆気なく口にする。

「ええっ⁉　もしかしてレイト君は王族なの？」

「なんとっ……⁉」

「ば、馬鹿なっ⁉」

「おおっ……驚いた」

護衛達が腰を抜かすほど驚いている。

その一方で、レイト本人も内心焦《あせ》っていた。

アイリスの指示通りに行動しているが、王族というのは本当でもあるので、それを明かして大丈夫なのかと不安だった。

続いてレイトは、自分が聖剣を持っていた理由を虚実《きょじつ》を交えて話す。

「この聖剣は王家の物ですが、実は長い間、ある場所に保管されていたんです。そして、王の隠し子である俺は、聖剣が隠された場所で暮らしていました」

護衛達がまたもやざわめき出す。

「隠し子⁉　あのバルトロス国王に子供が……」

「いや、聞いたことがあるぞ。国王の妾《めかけ》が産んだ男の子がいて、早世《そうせい》したという話を……

まさか生きていたのか？」

「たしか名前は……レナ、いやレオだったか？　まさか死んでいなかったとは……」

リンダがまくし立てるように尋ねる。

「しかしそれならば、どうしてあなたは正体を隠していたのですか？　王子ならば王国の継承権《けいしょうけん》を持つはず……それなのに、どうして冒険者稼業を？　なぜ、国王はあなたの存在を秘匿《ひとく》したのですか？」

「それは……俺が不遇職の人間だからです」

レイトは一言、そう答えた。

それから彼は、これまでの経緯を丁寧に説明していった。

生まれて間もなく、母親とともに追放されたこと。森の中にある屋敷に軟禁《なんきん》され、母親と使用人とともに生活していたことなどを伝えた。

レイトの話を聞いていた森人族《エルフ》達は、彼に同情を示した。涙を流す者もおり、ティナに至《いた》っては号泣《ごうきゅう》していた。

「うえぇっ……レイト君が可哀想だよぉっ」

コトミン、アイン、ウルも反応を示す。

「レイトも苦労してた……私の胸に飛び込んでおいで」

「キュロロッ……（目を潤《うる》ませる）」

「クゥ～ンッ……（鼻を鳴らす）」

「いや、そんなに泣かないでも……別に俺は特に気にしてないし……」

みんなの反応があまりにも大げさなので、レイトが少し引いていると、リンダが妙に納得したように言う。

「なるほど……そういうことだったのですね。不遇職の者には王は継がせられない……だけど、たった一人の後継者を殺すこともできない。だから深淵の森に隔離《かくり》していた……というわけですか……」

「え？　深淵の森？」

「レイト様が暮らしていたという森のことです。森人《エルフ》族の間では深淵の森と呼んでいます」

「へえ……あの森にそんな名前があったんですか」

今さらながら、レイトは自分が暮らしていた森の名前を知った。森人《エルフ》族達は引き続きレイトに同情し、激怒し、悲しんでいる。

「なんということを……自分の息子を魔物が潜《ひそ》む森に隔離したというのか‼」

「王族としての面子《めんつ》があるとはいえ、あまりにも不憫《ふびん》な……」

レイトが続きを話す。

「新しい後継者となる弟が生まれたと聞いたとき、使用人の一人が、俺に逃げるように勧めたんです。用なしになった俺は殺されるからって。普段から俺の世話を見てくれたお婆《ばあ》さんなんですけど……」

『それ、私のことですよね‼ 誰がお婆さんですかっ‼ せめてお姉さんにしてください‼』

嘘のエピソードとはいえ、年寄り扱いされ、アイリスは怒っていた。

「俺は、母さんからもらったこの証と、そして、屋敷に保管されていた聖剣を持って逃げ出したんです。そのあと、森でウルと出会い、ウルの元々の飼い主だった森人族《エルフ》に助けられたんです」

「ウォンッ？」

ウルが不思議そうな表情を浮かべている。レイトが自分の記憶と異なる話をしているので、困惑しているのだ。

構わずにレイトは続ける。

「この聖剣を持ち出したのはただの偶然です。ほかに武器になりそうな物が見つからず、仕方なく持ってきました。この聖剣の正体を知ったのは、森に住んでいた森人族《エルフ》が『鑑定』の能力を持っていたからです」

「そういうことでしたか……たしかにそれならば辻褄《つじつま》は合います」

リンダが熱心に頷く。

「俺が冒険者稼業をやっていたのは、ほかに生き残る術《すべ》がなかったからです。普通の人間として生活を送れば、命の危機はないのかもしれません。でもそれだと、二度と母に会えないままです。王位に興味はありませんが、できることなら、俺は父と話し合い、和解したいと思ったんです。S級の冒険者なら国王と謁見《えっけん》できると聞いて、俺は冒険者稼業に就《つ》いたんです」

森人《エルフ》族達は、レイトの考えを称賛していた。

「なんと……それならあなたは両親に会うために冒険者に？」

「健気《けなげ》な……」

「不遇職の人間がS級冒険者に……あまりにも過酷《かこく》だ」

なお、実際にレイトが冒険者の職業を選択したのは、身分証を手に入れるため。そして、短期間で大金を入手するためだった。別に、父親と和解する気はない。

森人《エルフ》族達は、レイトの話を完全に信じていた。ティナに至っては、大粒の涙と鼻水を垂らし、レイトの両手を握りしめてくる。

「ううっ……レイト君、辛かったよねぇっ‼　私もお父さんとお母さんに会えるように協力するからぁっ‼」

「うわ、ちょっ……は、鼻水が腕に……」

続いてリンダが真面目な表情で言う。

「……分かりました。まだいろいろと聞きたいことはありますが、親子に戻りたいという
あなたの言葉を信じましょう。それで――我々に何を求めているのですか？　この状況で
私達に正体を明かすということは、何か理由があるのですね？」
　レイトは頷き、ようやくここから交渉に入る。
「あと少ししたら、俺のところに冒険者ギルドの者が来ます。そして、王都に腐敗竜の報
告をするため、ウルを騎獣《きじゅう》として貸し出しすように要求してくるはずです」
「ふむ……たしかに白狼種ならば、夜行性の魔物にも対抗できるでしょうね」
「ウルちゃんはすごいね～」
「ウォンッ‼」
　そうしてレイトは思いきって要求を伝える。
「その、連絡役としてヨツバ王国の方々も同行してもらいたいんです」
「え？　それって私達のことっ⁉」
「この冒険都市にいるよりも、王都のほうが安全です。王国としても簡単に受け入れてく
れると思います。だから、俺の代わりに連絡役をお願いできないでしょうか？」
「それでは、レイト様はここに残るのですか？」
「腐敗竜が本当に襲ってくるのかは分からないけど、俺はこの都市の冒険者です。だから、
街を守るために離れることはできない。その代わり、リンダさん達には王国軍に軍隊を派

遺してもらうように説得してほしいんだけど……」

「それは……難しいでしょうね。いくらティナ様が森人族《エルフ》の王族といっても、王国の軍隊を派遣させるように要求するのは難しいでしょう」

「だけど、この都市にはナオ姫もいるんです。今の彼女は動かせる状態じゃないと伝えてほしい。ここが襲われたら、彼女も無事では済まないと言えば、きっと国王……父上も動くと思うんです」

国王を「父上」と呼ぶことに抵抗感は覚えたが、それでもレイトはそう口にした。

リンダは表情を固くする。

「なるほど……しかし、自分の息子を見捨てた国王が動くとは思えませんが……」

「俺とナオ……いえ、義姉は立場が違うんです。きっと……父上も動いてくれます」

「そうだといいんですが……分かりました。我々としても姫様の安全が第一です。その連絡役の任を引き受けましょう」

「ありがとうございます。ウル、ティナ達を頼むぞ」

「クゥ〜ンッ……」

リンダはレイトの提案を受け入れたが、ウルは嫌がるようにレイトの胸元に顔を埋める。

自分だけ安全な場所に避難《ひなん》することを、拒んでいるようだ。

レイトは仕方なく、ウルの頭をなでながら説得する。

「ウル、お前しかいないんだよ……一緒に残って戦ってほしいけど、夜の草原を移動できるのはお前だけだ。分かってくれよ」

「ウォンッ……」

「ウルちゃん、嫌みたいだね……」

「彼にとってはレイト様が家族のようです。自分だけ避難するのを嫌がっているのでしょう」

「ウルはいい子」

ウルの行動を見て、皆はレイトとウルの間に深い絆《きずな》が結ばれていることを知った。レイトがどうにかウルを説得しようとしたとき、彼の前に人影が近づく。

「キュロロロッ‼」

「うわっ⁉」

「ウォンッ⁉」

「アインちゃんっ⁉」

突然近づいてきたのは、アインである。アインはティナとリンダのほうを見て、続いて狼車に顔を向ける。そして自分の胸元を叩いた。

「フガッ……フガッ……‼」

「え？　もしかして……ウルの代わりにお前がティナ達を連れていく気か？」

「キュロロッ‼」

レイトの言葉に、アインは頷く。

たしかに、戦闘力が白狼種に劣《おと》らないサイクロプスなら、ティナ達を安全に王都に運ぶことも可能だ。そうなれば、ウルがここに残ることもできる。

「本当にいいのか、アイン？」

「キュロッ‼」

「分かった……ティナ達を頼んだぞ」

ティナがレイトに視線を向ける。

「レイト君……」

「まずは冒険者ギルドに向かおう。きっとバルも会議を終わらせているだろうし……」

レイトがそう言ったところ、家の入り口のほうから声が上がる。

「その必要はないよ」

視線を向けるとそこには、気まずそうな表情を浮かべたバルの姿があった。

レイトが驚いていると、コトミンが彼の肩を叩き、言い忘れていたとばかりに説明する。

「レイトが来る前から、この人が家に来てた。勝手に家の中の食べ物や飲み物を食べて眠ってた」

「マジか……」

「あんたが帰ってくるまで暇だったからね。いつの間にか眠っていたんだけど、その森人族《エルフ》達が来てから目を覚ましたんだ。とんでもない話をしていたから、聞き耳を立てていたんだよ」

「ということは……」

「……まさか、あんたがあの国王の息子とはね。顔は全然似てないのに驚いたよ。だけど、言われてみれば、アイラさんの面影《おもかげ》があるね」

「母さんを知ってるの⁉」

「知ってるも何もあの人と私は……いや、それはどうでもいいんだよ。あんたも知っての通り、王都に連絡係を送る必要があるんだ。悪いけど、あんたの馬車とそのサイクロプスを借りるよ」

「キュロロッ‼」

バルの言葉にアインが反応する。

バルにまで自分の正体を知られてしまったが……ひとまずレイトはアイリスの作戦通りに話が進んだことを喜んでおくことにした。

その一方で、まだ肝心《かんじん》の話を進めていないことを思い出す。

「バル、悪いけど頼みがあるんだ」

「なんだい？　正体を黙っていろと言うなら心配しないでいいよ。こう見えても口は堅《かた》いからね」

「ありがとう。だけど、頼みっていうのはこのことなんだ」

レイトはリンダから返してもらっていた聖剣を、バルに手渡す。

過去において、幾度《いくど》も王国の危機を救った伝説の聖剣。数百年も放置されていたことで、刃が錆びついている。この状態では、武器として扱うことはできない。

そのための対策を、レイトはバルに頼もうと思っていたのだ。

「この聖剣を打ち直せる人は都市にいるかな？」

「これがカラドボルグかい……どう見ても、錆びた剣にしか見えないけどね」

「レイト様、聖剣を打ち直せるのは小髭族《ドワーフ》だけでしょう。元々聖剣を作り出したのも彼らだと聞いています」

リンダに言われ、レイトは考えを巡《めぐ》らす。

「小髭族《ドワーフ》か……バルに心当たりはない？」

「まあ、あたしもそれなりに顔は広いからね。打ち直せるのかは分からないけど、知り合いの小髭族《ドワーフ》を当たってみるよ」

「この聖剣が打ち直せれば、腐敗竜に対抗できる武器になるんだから頼むよ」

「あんたみたいなひよっこ冒険者に心配されるほど、落ちぶれちゃいないよ。だけど、聖剣というのは、誰でも扱える代物じゃないんだろう？」

「たしかに歴史上では、聖剣を扱えるのは、異世界から召喚された勇者、あるいは英雄と呼ばれるほどの力量を誇る者だけ……仮に聖剣が復活しても、それを扱いきれる者がいるのかどうか……」

リンダの言うように聖剣は普通の武器とは違い、使用する者の力量が低ければ、扱いきれない。それでも腐敗竜に対抗するには聖剣の力が必要不可欠だ。

すると、アイリスがレイトに助言してくる。

『すべての聖剣には「レベル制限」という細工《さいく》が施されています。一定のレベルを下回っていた場合、使用できないのです。これは、大昔の人が意図的に作り出した枷《かせ》ですね』

『どういうこと？』

『最初に聖剣を作ったのは、異世界から召喚された鍛冶師の勇者だったんですけど、彼は自分とほかの勇者以外に剣の力を利用されないように、聖剣に「レベル70以下」の人間が触れても力を発揮できないよう細工したんです。そして、彼の死後に小髭族《ドワーフ》が勇者の聖剣の製造技術を研究し、独自《どくじ》の改造を施して様々な聖剣を生み出しましたが――この「レベル制限」の枷《かせ》も残してるんですね』

『じゃあ、どうしようもできないじゃん』

『そうでもないですよ。聖剣が驚異的《きょういてき》な力を発揮できるのは、実際は聖剣そのものが重要ではなく、取りつけられている魔水晶のおかげなんです。聖剣は雷光石の魔力を攻撃に変換するだけの道具でしかありません。だから、雷光石が無事なら大丈夫なんです』

『つまり……』

『雷光石を取り出しさえすれば、聖剣はどうでもいいです。直せるのなら別に問題ないですけど、無理なようなら、雷光石だけでも回収しておくように伝えてください』

『なるほど』

『また、レベル制限を解除する方法もあります。でも、それに関しては、あとで説明しますね。今は聖剣を直すことが最優先です』

アイリスの助言にレイトは従い、バルに聖剣が打ち直せないようなら返すように伝えた。

彼の能力なら、雷光石を取り出すことは可能なのだ。

「それなら、あたしはこいつを打ち直せる奴を探してくるよ。あんたらは……いや、そういえば森人族《エルフ》の王女様だったね。今から敬語を使ったほうが良いかい？」

「ううん、気にしなくていいよ～」

「ひ、姫様……」

「このままの口調でいかせてもらうよ。あんたらには悪いけど、王都への連絡役を頼む。この書状と許可証を持っていけば、王都に入れるはずだ」

バルはリンダに二つの羊皮紙《ようひし》を差し出すと、知り合いの小髭族《ドワーフ》の鍛冶職人のもとに向かう。

リンダ達もレイトの狼車に乗り込んだ。人数的に全員は乗れないので、ティナとリンダ、そのほか数人の護衛だけが乗る。

リンダがレイトに向かって言う。

「では、この馬車と……アインさんは、しばらくお借りします」

「気をつけてください。ティナも頼んだよ」

「任せてっ‼　絶対にレイト君のお父さんを説得してみせるからね‼」

「あ、あと、俺のことは内密に……」

「分かっています。あなたのことは決して誰にも口外しません……ライコフの件は、本当に申し訳ありません。私の部下を護衛として残しておきますので」

「俺にはウルがいるから平気ですよ」

「ウォンッ‼」

主人の身は自分が守るとばかりに、ウルが鳴き声を上げる。

ティナとリンダはウルを見て笑みを浮かべると、最後に一礼して、アインの引く狼車に揺られていった。

◆
◆
◆

ティナ達を見送ったレイトは、護衛として残されたリンダの配下の森人族《エルフ》達のほうを向き、これからのことを話し合おうとする。

「レイト殿、申し訳ありませんが、ここで別れてもよろしいでしょうか？」

「え？」

どうやら彼女達には、事情があるらしい。

「実はライコフの件についてなのですが……心当たりがあるのです。リンダ様からあなたの護衛役を任されたにもかかわらず勝手とは思いますが……」

「いや、別に気にしないでください。だけど大丈夫ですか？　ライコフが攻撃してきたら……」

「あのような青二才《あおにさい》、後《おく》れは取りません」

「念のためにこの者だけを残しておきます。エリナ、挨拶をしろ」

すると、森人族《エルフ》の護衛の中から、妙に陽気《ようき》な少女が現れた。

「うぃっす!!　どうも初めまして、やっと話せましたねぇっ!!　あたしの名前はエリナっす!!　ティナ様の護衛役を務めている弓兵《きゅうへい》っす!!」

「弓兵？　弓は持ってないようだけど……」

「レイト、この人のブレスレットを見て」

コトミンにそう言われ、レイトはエリナの手のブレスレットを見る。

ブレスレットにはどこか見覚えのある黒い魔石がついていた。レイトは、それがゴンゾウが持っていた収納石だと気づく。

エレナは胸を張り、自慢するように言う。

「あたしの弓はでかすぎるから、普段はブレスレットに隠しているんです。こう見えても家事が得意なので、お腹が空《す》いたときは気軽に話しかけてください。お菓子でもなんでも作れますよ‼」

「じゃあ、ウルのためにオークとブタンの燻製《くんせい》肉を作ってもらおうかな」

「あ、すみません。森人族《エルフ》は基本的に菜食主義者なので、野菜料理しか作れないっす」

「ちなみに、私は魚食主義者」

「言われんでも知っとるわい！　結局は、俺が作らないとだめか……」

エリナとコトミンと適当に会話しながら、レイトがほかの森人族《エルフ》達に視線を向けると、彼女達はすでに立ち去る準備を整えていた。

森人族《エルフ》達がレイトに頭を下げてくる。

「それでは失礼します。後ほどまた、この家にお伺いするかもしれませんが」

「分かりました。気をつけてくださいね……あ、ちょっと待ってください」

レイトは、念のためライコフの居場所をアイリスに聞いて、それを森人族《エルフ》達に伝えようとしたところ――

レイトの後ろにいたウルが急に吠えた。

「ウォンッ‼」

「っ⁉」

ウルの声に反応して、レイトはとっさに頭を下げる。すると、レイトの頭上ぎりぎりを矢が通り過ぎていった。

皆、驚愕の表情を浮かべる。

すぐにレイトは「跳躍」のスキルを発動し、コトミンを抱えたまま伏せる。

「危ないっ‼」

「にゃうっ……⁉」

「うわわっ⁉」

「くっ‼　ライコフか⁉」

「ウォオンッ‼」

どこからか、立て続けに狙撃《そげき》されたことは間違いない。

レイトはコトミンを抱えた状態で周囲に視線を向ける。いつでも魔法腕輪《マジックリング》の結界石を発動できる状態で、ウルに尋ねる。

「ウル、敵の位置は分かるか？」

「クゥ～ンッ……」

ウルの野生の力を以《もっ》てしても、敵の位置は特定できない。

「だめか……仕方ない。ちょっと胸を借りるよ、コトミン」

「あんっ……レイト、大胆《だいたん》すぎる」

レイトは、押し倒したコトミンの胸元に顔を埋めた。

コトミンは恥ずかしそうな表情を浮かべている。レイトは瞼《まぶた》を閉じて意識を集中させ、「心眼」のスキルを発動させる。

視覚ではなく、ほかの五感の感覚を研ぎ澄ますこのスキルは、周囲の気配を心の目で捉える能力である。コトミンの豊かな胸により視覚情報が完全に遮断され、その効果は数倍にも増幅《ぞうふく》されたが……数秒後、レイトはため息をついて「心眼」を解除した。

「……だめだな、範囲外か」

敵は半径百メートル以内にはいない。つまり、それ以上離れた所から、矢を撃ってきたらしい。

護衛の一人が矢を手に取って言う。

「くっ、やはりこの矢はライコフの物か」

「分かるんですか?」

「我々森人族《エルフ》は、矢を自作するときに自分が考えた印《しるし》を刻みます。先ほどの矢には、ライコフの印が刻まれていました。奴がどこかから狙撃したのでしょう」

「射抜《いぬ》かれた矢の方向と角度から、ライコフの位置は分からないんですか？」

「ライコフは『跳弾《ちょうだん》』という固有スキルを持っています。これは、障害物に攻撃を当てて軌道を変化させるスキルです。奴のミドリ家は代々この固有スキルを所持しており、狩猟の際に大きな成果を上げていました」

「厄介なスキルだな……」

「やぁんっ……胸の中でしゃべられるとくすぐったい」

コトミンの胸に顔を埋めながら、レイトがライコフの位置を再び探ろうとしたとき、先ほど紹介されたエリナが話しかけてくる。

「レイトの兄さん、ここはあたしに任せてほしいっす」

「エリナさん？」

「エリナでいいっす。実はあたし、『必中《ひっちゅう》』の固有スキルを持っています」

アイリスの説明がレイトの頭に響く。

『標的《ひょうてき》を確実に撃ち抜くレアスキルですよ。レイトさんの『狙撃』のスキルの強化版ですね』

エリナはブレスレットから、弓矢を取り出した。

「これがあたしの武器っす‼」

「弓矢……というか、ボーガン？」

エリナが出したのは、普通の弓矢ではなく、大型の猛獣《もうじゅう》でさえ仕留められそうな大型のクロスボウだった。

彼女はそれに矢を装填《そうてん》すると、周囲を見渡す。その際、彼女の瞳が薄く光り、不思議に思ったレイトが尋ねる。

「エリナ、なんか目が光ってない？　まさか目からビームでも出せるの？」

「びぃむ？　よく分かんないっすけど、これは『鷹の目《たかのめ》』です‼」

「ミホ〇ク？」

レイトがくだらないことを言っていると、アイリスが解説してくれる。

『やめてくださいっ！　「鷹の目」というのは、世界一の剣士のあだ名ではなく……森人《エルフ》族だけが覚えられる特別な技能スキルです。「遠視」と「観察眼」の合成スキルですね、「遠視」は双眼鏡のように視力を高めますが、「鷹の目」の場合はちょっと違って、遠方に存在する物を、間近《まぢか》に移動して調べられるようになる感じです』

「何それ、俺も欲しい……森人《エルフ》族に生まれたかった」

レイトはそう呟くと、エリナの様子をうかがう。

エリナは周囲を見渡しながらボーガンを構えた。そして、ふと何かに気づいたように、正面に視線を向ける。

「見つけたっす‼　二百メートル先の建物の煙突《えんとつ》。そこに、隠れているライコフ様を発見‼」

「そんな先まで見えるの⁉」

「今は隠れて、こっちの様子をうかがっていますね。だけど、顔を出した瞬間に射抜けますよ‼」

「あれ？ でもほかの森人族《エルフ》は？ あいつの脱出を手助けした奴がいるんだよね？」

『その人達は逃げましたよ。もうライコフを見限って、両親に報告に向かったようです』

「本当人望ないな、あいつ……」

「どうします？ 撃ちますか？ この距離でも煙突から出ている身体を撃ち抜けますよ？」

「待てエリナ‼ お前それは毒矢ではないか⁉ その矢は魔獣用だぞ‼」

「あ、いけねっ……間違えてたっす」

年配の森人族《エルフ》に指摘され、エリナは自分が魔獣撃退用の毒矢をクロスボウに装填していたことに気づく。彼女が矢を取り外そうとした瞬間――

レイトが声を上げる。

「……エリナ、危ないっ‼」

「えっ」

エリナも、ライコフが弓矢を構えていることに気づく。ただし、彼女が矢を装填し直す前に、ライコフは弓矢を構えて射抜いていた。

森人族《エルフ》が撃ち出す矢の速度は、銃の弾丸に匹敵《ひってき》する。

エリナは、自分の額目掛けて接近する矢を確認し、避けられず射抜かれることを悟った。

（あ、これ死んだっす）

冗談抜きで、彼女は最期《さいご》を確信した。事故などの直前、周囲の動きがスローに感じられることがあるが、彼女の目には矢がゆっくりと近づいているように見えていた。

「あぶねっ‼」

「あれっ⁉」

だが、矢は途中で銀色の大剣に阻《はば》まれた。弾かれた矢が地面に落ちる。

エリナは驚きの声を上げるが、すでに収納魔法から退魔刀を取り出したレイトは、正面に視線を向けている。

レイトは「遠視」でライコフの姿を確認する。

彼はエリナ達のように弓矢は扱えない。それでも、幼少の頃に「狙撃」の技能スキルは覚えていた。レイトは「氷塊」を発動させる。

「このくらいでいいか……エリナ、俺に向けてこれを投げて」

野球ボールほどの大きさの氷の球を生み出したレイトは、エリナにそれを手渡す。

「わっ……これっすか？　なんだかよく分からないけど……いきますよ？」

「どんとこいっ」

エリナは戸惑いながらも受け取り、その一方でレイトは大剣を構える。

彼の行動に全員が疑問を抱くが、エリナが言われた通りに氷の球を彼に向けて投げた瞬間――レイトは大剣を野球のバットの代わりにして一気に振り抜いた。

「メジャーリーグボール一号‼」

『そのネタもまずいですよ‼』

アイリスのツッコミを受けながらも、レイトは氷の球を打ち上げた。氷の球は凄《すさ》まじい速度で、建物の屋根の上に立っていたライコフの頭部に的中。

ライコフは苦悶《くもん》の表情を浮かべながら吹き飛ばされた。


「うぎゃあああああああっ……⁉」


ライコフの悲鳴が響き渡り、その身体が建物の上から落下する。

これこそレイトが「狙撃」のスキルを利用して生み出した遠距離攻撃であり、別に名前はつけていないが、深淵の森では逃げ回る相手によく利用していた攻撃法だった。

無事にライコフを返り討ちにすることに成功したレイト達。

さっそくライコフの捕縛《ほばく》に行った森人族《エルフ》達が戻ってきて、レイトの前に彼を差し出す。

反抗できないように全身を縛りつけられ、さらに口を封じられた状態で、ライコフは憎々しげにレイトを睨みつけた。

そばに立っていたウルが牙を剥く。

「グルルルッ……‼」

「落ち着けウル、こいつはもう何もできないよ」

「ウォンッ……」

すると、エリナがどこか楽しそうにレイトに話しかける。

「いや～すごかったすね。うちが活躍するつもりが、まさか逆に助けられるとは思わなかったです」

「さすがはレイト……そこに痺《しび》れる憧れる」

コトミンがそう言うと、ライコフは口を縛られた状態でもがいた。

「ふがっ……ふがぁっ‼」

「大人しくしろライコフ‼　貴様はもう犯罪者だぞっ‼」

ライコフは、森人《エルフ》族達に力ずくで押さえつけられる。この場にリンダがいたとしたら、彼女の容赦《ようしゃ》ない折檻《せっかん》を受けていただろう。

反省の色が見えないライコフに、レイトは手を構える。

「えっと……こんな感じかな？」

「っ……⁉」

ライコフは訝《いぶか》しげな表情を浮かべるが、レイトは、ライコフの頭部をつかんだ状態で「風圧」の初級魔法を発動させる。

リンダの得意とする「発徑」のように、風の力を利用して衝撃を与えてみた。

「ふぐぅっ⁉」

「お、成功した。名づけて疑似《ぎじ》発徑‼」


〈技術スキル「衝風《しょうふう》」を習得しました〉


「ああ、勝手にシステムに変な名前をつけられた……」

システムにつけられた技術スキルの名前にレイトは不満を抱く。

悶《もだ》えるライコフを森人族《エルフ》達が介抱《かいほう》する。

「レ、レイト殿……一応、こいつも我らの同族なのです。命だけは助けてくれませんか？」

「いや、別に殺すつもりはないよ。だけど、どうするんですか？」

「この都市に滞在する間は、我々が責任を持って管理します。それと、エリナは念のために護衛として残しておきます。我々に用事があれば、彼女を使いに出してください」

「よろしくお願いします‼　さっきは役立ちませんでしたけど、次こそは必ず‼」

「いや、まあ……頑張ってね」

「私もレイトを守る」

森人《エルフ》族達の申し出をレイトは断りきれなかった。コトミンも戻る気がなく、エリナとコトミンの二人が、レイトと一緒に行動することになった。護衛ならウルだけで事足《ことた》りるのだが、腐敗竜と対抗する人手が欲しいのは事実。なので、レイトは二人を受け入れることにした。

「それでは我々は宿に戻ります。何かあったら報告に参りますのでお気をつけて……」

「うぐっ……!!」

意識を失いかけているライコフを担ぎ、森人《エルフ》族達が去っていった。

その後ろ姿を見送ったあとで、レイトはコトミンに振り返る。そして、彼女に分裂していたスラミンを手渡す。

「これ、返すね。いろいろと助かったよ」

「んっ」

「ぷるぷるっ……」

「あれ？　それスライムですか？　小っちゃくて可愛いっすね……うわぁっ!?」

手に収まるサイズのスラミンをコトミンが受け取った瞬間——彼女の服に擬態していた本体が分体を呑み込んだ。

その光景を見たエリナは、驚愕の声を上げるのだった。

その後——腐敗竜からの一連の騒動《そうどう》を一晩のうちに終えたレイトは、家に入って仮眠を取ることに決めた。

「さすがに疲れた。俺は少し寝るよ……二人はどうする？」

「え、ええっ……この人の服に関しては何も説明ないんですか⁉」

「私の名前はコトミン、そしてこっちがスラミン」

「ぷるぷるっ」

「ど、どうも……名前が似ているということは、ご姉弟なんですか？」

「違うっ……それにスラミンは雌」

「え？　スライムなのに性別あるの？」

「スライムなのに、男のレイトに懐いている。だから雌」

「どんな理屈だ……俺に懐いていたのかこいつ、可愛い奴め」

「ぷるぷるっ……」

コトミンの肩の上に、再び小さなスラミンが出現した。エリナは動揺しながら、スラミンと挨拶していた。

レイトは眠気《ねむけ》のままにベッドに飛び込む。

「ううっ……少し眠るから二人は適当に過ごしてて」

「私も眠い……一緒に眠る」

「え、マジっすか⁉　あたしはどうすれば……い、一緒に寝たほうがいいっすか？」

「好きにすれば……おやすみ」

ベッドに倒れたレイトの横にコトミンが潜り、エリナは自分がどうすればいいのか迷っていたが……レイトはその間に眠ってしまった。


次に、レイトが目覚《めざ》めたのは昼時だった。

外が騒がしいことに気づいたレイトは、面倒に感じながらベッドから身体を起こす。

そして、自分の横でエリナとコトミンが涎を垂らしながら呑気に眠っているのに気づくのだった。

4

レイトは、黒虎の冒険者ギルドに戻った。

そこには大量の冒険者が集まっていた。都市外部に遠征《えんせい》していた冒険者達も戻ってきたようだ。皆、腐敗竜について知っており、不安な表情で一階の酒場にたむろしている。

その場に、ゴンゾウとダインもいた。ともに徹夜《てつや》したらしい二人が声をかけてくる。

「あ、レイト‼　お前、どこに行ってたんだよ⁉　すぐに戻るって言ってたのに」

「無事だったか。実は昨夜、街で森人族《エルフ》の男が事件を起こしたらしいが、何か知らないか？」

ゴンゾウの質問にエリナが返答する。

「えっ⁉　マジっすか‼　物騒な街っすね……」

「いや、なんで君が驚いているの？」

レイトがエリナにツッコミを入れていると、ダインが尋ねてくる。

「えっ……な、なあ、誰だよそいつ？　そっちの青い髪の女の子は昨日会ったけど、そっちの森人族《エルフ》の人は初めて会うよな？」

「友人か？　だが、その格好は冒険者じゃなさそうだな」

ダインとゴンゾウがレイト達と同行していたエリナに視線を向けた。改めて彼女は、全員の前で自己紹介を行う。

「うぃっす‼　あたしはティナ様親衛隊《しんえいたい》の一人のエリナです‼　こう見えても弓の達人ですよ‼」

「ティナ……？　それってたしか、森人族《エルフ》の王女の名前じゃないのか？」

「親衛隊……？」

　ダインもゴンゾウも困惑していた。

「あ、気にしなくていいから。説明するの面倒臭いし、新しい俺の仲間……いや、ペットだと思って」

「ペット⁉　あたしペットなんですか？」

「仲間……仲良くしよう」

「なんか、仲間意識を抱かれたんですけど‼」

　コトミンから同族扱いされ、エリナは微妙《びみょう》な顔をする。

「ハイテンションな奴だな……まあ、いいや。ほら、ここに座れよ」

　ダインに促され、レイトとコトミンとエリナは席に着く。ダインとゴンゾウは、レイトが消えたあとに起きた出来事を説明した。

　とはいえ、特に冒険者ギルドでは何も起きず、二人はレイトが戻ってくるまで待っているだけだったという。

「ゴンちゃんは自分のギルドに戻らなくていいの？　心配されているんじゃない？」

「いや、実はほかのギルドの人間もここに集まっている。ギルドマスターの会議がここで行われたことで、各ギルドの冒険者達も集まっているんだ」

「そうなのか。それにしても、この様子だと狩猟祭どころじゃないな」

「お前さあ……伝説のドラゴンゾンビが復活したんだぞ？　そんな悠長《ゆうちょう》なことを言っている場合じゃないだろ……」

「分かってるよ。そういえば、ダインは闇魔導士だったよね、初めて聞く職業なんだけど、どんな魔法が使えるの？」

「お、僕のことが気になるのか？　しょうがないな……僕は影魔法が使えるんだよ」

「影魔法？」

「それってあの陰湿《いんしつ》魔法のことっすか⁉」

「陰湿で悪かったな‼　そりゃ、ほかの魔術師の魔法と比べると地味かもしれないけど、役立つんだぞ⁉」

実際、アイリスの情報でも彼は優れた魔術師とされ、冒険者としての階級も高い。彼の扱える魔法は闇魔導士にだけ許された特別なものだった。

「それで、影魔法というのはどんな魔法なの？」

「自分の影や相手の影を利用して、物体を操作できるんだ。僕の場合は、自分の影をこんなふうに操れるんだよ」

説明しながら、ダインは全員の前で机に手を伸ばし、その影を蛇のようにくねらせた。

「そして、この影をほかの人間の身体に触れると……」

「うわっ⁉」

机に置いていたレイトの腕に、ダインの影が蛇のようにまとわりつく。

慌ててレイトは腕を上げようとしたが、ロープか何かで縛られたように上手く動かなかった。

「どうだ、すごいだろ⁉　この魔法は自分よりも圧倒的に強い相手にも通じるんだぜ？　だから僕はいつもこの魔法を利用して、相手を動けないようにしたあとに逃げるのさっ‼」

「あれ、結局は逃げるのっ⁉」

「だって、この魔法を発動すると僕も動けなくなるんだよ‼　さっきの右腕の影も、操作しているときは右腕だけ動かせなかったんだ……でも、とにかくすごい魔法なんだぞ‼」

「たしかにすごい魔法ですけど、実は強い光に弱いんですよね？　初級魔法の『光球』にも掻き消されちゃうことから、一般の魔術師の間では、ネタ魔法と呼ばれているっす」

「ネ、ネタじゃないやい‼」

エリナの無慈悲《むじひ》な言葉をダインは必死に否定するが、実際に影魔法はその性能もすごいが弱点も大きかった。

そこで、突然怒鳴り声が響き渡る。

「おい、さっきからうるせえぞ、ガキども‼　静かにしないと叩き出すぞ‼」

声のしたほうにレイトが顔を向けて謝る。

「あ、すみません……あれ？　もしかしてダイアさん？」

「えっ？　あっ……な、なんだレイトじゃねえか。お前だったのかよ……」

レイトの様子を見て、ゴンゾウが尋ねる。

「知り合い？」

「うちのギルドの元エースだよ。まあ、少し前に、氷雨に移籍《いせき》しちゃったはずだけど……」

ダイアは、ゴンゾウと同じく巨人族《ジャイアント》の冒険者で、年齢は三十代を迎えている。元々は黒虎のBランクの冒険者だったが、レイトが入ってきたばかりの頃に氷雨に鞍替《くらが》えしていた。

レイトが聞いた噂《うわさ》では、氷雨でほかの冒険者と上手く馴染《なじ》めずに仕事も失敗続き。現在では、日中の間でも酒場を巡り回っているという。

「久しぶりですね、ダイアさん。元気でした？」

「ま、まあな。お前も元気そうだな。そういえば聞いたぜ？　なんだか、ゴブリンどもの事件のときに活躍したんだろ？」

「まあ一応は。それで、聞きたいことがあるんですけど、氷雨のギルドに所属している冒険者はどんな人達なんですか？　実は今まで一度も見たことがなくて……」

「……ろくでもない奴らばっかりだよ。実力はたしかだが、黒虎の奴らと違って一般人からの依頼はまったく受けねえし、高額の依頼にしか興味を示さねえ。しかも実力がない者は容赦なく蹴落《けお》とす……黒虎のように新人を育成するための指導員もいねえしな……完全な実力社会だ」

「へえっ……」

「冒険者の職業自体が、実力を伴《ともな》わない人間が生き残れる世界じゃねえが、それにしても冒険者同士の競争が激しすぎる。氷雨に入ったおかげで報酬が大幅に増えたことは事実だが……あそこは冒険者同士の仲間意識というのが薄いんだよ。全員がほかの人間を利用して上の立場を狙ってやがる……お前がマリアさんに誘われたのは知っているが、お勧めしねえな。ガキが生き残れる場所じゃねえ」

ダイアはそう言うと、机の上の酒瓶を飲み干した。

彼の意外な反応にレイトは戸惑うが——そこに一人の人が近づいてきた。

「おいおい‼　そこにいるのは、木偶《でく》の坊《ぼう》のダイアじゃないか？」

「ちっ……またてめえか、ガルラ」

ダイアの座る机の前に、全身にミスリル製の鎧と大剣を身に着けた男性が現れた。

年齢は二十代後半程度だが、年上のダイアに対し、見下した態度を取っている。彼は勝手にダイアの席の向かい側に座る。

「どうしてこんな場所にお前がいるんだ？　もうホームシックに陥って戻ってきたのか？」

「うるせえ……お前のほうこそ、どうしてここにいる？」

「ただの人探しだよ。それ以外の理由で、こんな家畜小屋を訪れる理由があるはずないだろう？」

ガルラの挑発に、冒険者達が騒ぎ出した。

「なんだとてめえっ‼」

「喧嘩売ってんのか⁉」

「やめろお前らっ‼　こいつに関わるんじゃねえっ……‼」

ダイアが制止するも、ガルラは笑みを浮かべている。

ダインとゴンゾウが黙って見てられずに立ち上がる。

「おい、誰だか知らないけど、いくらなんでも言いすぎだぞ。ちゃんと謝れよっ‼」

「ダインの言う通りだ。何者かは知らないが、今のは言いすぎだ」

「ああっ？　なんだてめえら……いや、お前は知ってるぞ。牙竜のゴンゾウだな？　それにそっちは……いや、やっぱり知らねな、誰だお前？」

「おいっ⁉　失礼な奴だな‼　僕はゴレムの街の……」

「まあ、どうでもいいか……てめえらみたいなゴミ虫と付き合ってる暇はねえんだよ。俺がここに来たのは、マリア様が最近目をつけたという大剣使いのガキを探してんだ……どいつだ？」

ガルラの発言で、レイトのもとに視線が集まる。

そんな冒険者達の反応を見て、ガルラは不思議そうな表情を浮かべた。そしてすぐに、自分の目的の人物が、ダイアのそばに立つ少年だと気づいて目を見開く。

「おいおい……おいおいおいおいおいっ‼　嘘だろ⁉　こんなガキが、マリア様の目に留まったのかよっ⁉　信じられねえっ……」

「あの……俺に何か用ですか？」

「マジかよ……まさか本当にこんなガキだったとはな……おい、大剣はどうした？」

「あ、今は収納魔法で異空間に……」

「収納魔法……？　まさか本当に支援魔術師なのかてめえっ⁉　驚きだぜ……それにしても、不遇職の人間を冒険者に認めるとは、黒虎の威厳も落ちたもんだな」

「えっ⁉　レイトはマジで支援魔術師だったの⁉　冗談だと思ってたのに……」

「マジっすか⁉　あんなに強いのに……」

「支援魔術師……？」

「そういえば支援魔術師だと言っていたな……だが、魔術師であの腕力……もしかして父親か母親が巨人族《ジャイアント》だったのか？」

「違うわいっ」

今さらながら、レイトが不遇職であることに、全員が驚愕の反応を示す。

レイトは目の前のガルラに視線を向け、あまりに横柄《おうへい》な態度にいい加減に苛立ちを抱く。

「まあいい……おい、たしかレイトだったな？　マリア様がお前を呼んでいる。さっさと行くぞ」

「え？　すみません、意味が分からないんですけど」

「あぁっ？」

ガルラは眉をひそめてレイトにつかみかかろうとしたが、寸前で回避される。その行動にますますガルラは苛立ち、建物の中でも構わずに背中の大剣に手を伸ばす。

「おい、あんまり俺を怒らせるんじゃねえぞ。マリア様が呼んでいる時点で、てめえに拒否権なんかねえんだよ‼」

「意味が分かりません。俺は黒虎の冒険者ですから、別のギルドのギルドマスターの命令を聞く義理はありませんよね」

「やめろレイト‼　そいつに逆らうなっ……」

「もう遅ぇっ‼」

レイトの言葉に、ガルラは大剣を引き抜いた。

建物内で武器を抜いたことで、ほかの人間が慌てて距離を取る。

ガルラはミスリルの大剣を握りしめたまま、ゆっくりとレイトの首元に刃を向け、勝利を確信したように余裕の笑みを浮かべる。

「もう一度だけチャンスをやる……俺について来い」

「はあ……」

レイトの首筋に刃を構えたガルラを止めるため、ほかの人間達が動こうとした。

だが、先に動いたのはレイトだった。彼は大剣の刃に手を触れて「物質変換」と「形状高速変化」の能力を同時に発動させる。

「あ？　なんだその態度は……うおっ⁉」

「よっと」

錬金術師の能力を発動させて、ミスリルの大剣の刃をただの青銅の大剣に変化させる。

さらに刃を鈍器《どんき》のように変形させた。

一瞬で自分の武器が変化したことに、ガルラは目を見開く。

その隙に、レイトは「身体強化」の補助魔法を発動し、ガルラの腹を蹴る。

「ぐほぉっ⁉」

完全に油断していたガルラは後方に吹き飛び、大剣を手放してしまう。

レイトは即時に大剣を拾い、元のミスリル製の大剣に戻す。彼が起き上がる前に、大剣をガルラの首筋に突き立てる。

「これ、返す」

「ぐはっ……く、くそがぁっ‼」

ガルラは自分の真横に放り投げられた大剣を拾い、注意深く何度も見る。

「て、てめえっ‼　さっき何をした……いや、そんなことはどうでもいい。てめえから仕掛けた喧嘩だ……今さら後悔《こうかい》するなよ‼」

大剣を握りしめたガルラがレイトに斬りかかる。

だが、吸血鬼《ヴァンパイア》のゲインと比べたら、彼の剣技など見習いの剣士同然だった。レイトは最小限の動作だけで刃を回避する。

「くそっ‼　なんで当たらねえっ⁉」

何度も大剣を振り回すガルラに、レイトは冷静に回避する。逆に、相手の足を引っかけて地面に転倒させる。その光景に、冒険者ギルドにいた人間達が笑い声を上げる。

自分よりも階級が下位の冒険者に転ばされたガルラは、顔を赤く染めて睨みつける。

「こ、この野郎……‼　ぶっ殺す‼『回転』‼」

「戦技⁉」

「やばいっ‼　逃げろレイト⁉」

「平気だって」

ガルラは周囲の被害を考えずに、ベーゴマのようにその場で回転しながら接近する。

だが、レイトは収納魔法を発動して退魔刀を取り出す。そして正面から「剛剣」を発動させて迎え撃つ。

「『兜砕き』‼」

「うおおっ⁉」

「『「おおっ‼」』」

回転するたびに、速度と威力を増した大剣を、レイトは退魔刀で正面から弾き返す。

ガルラのミスリル製の大剣が、レイトが元いた世界で最大の高度を誇る金属に変換された退魔刀に破壊される。

その光景に、酒場にいた人間達が驚愕と称賛の声を上げる。一方で、大剣を砕かれたガルラは呆然とした表情を浮かべてレイトに視線を向ける。

「お、お前……なんだ、何をしたっ⁉　お、俺の剣が……」

「……今度はもっとマシな武器を装備したほうが良いですよ」

「ま、待てっ‼　ふざけんなっ‼　俺の大剣を返せっ……ぎゃあっ⁉」

「この恥知らずがっ‼」

武器を失くしたことで半狂乱《はんきょうらん》になったガルラの頭部をダイアが小突《こづ》き、無理やり気絶させた。

ダイアは彼を担ぎ上げて、破壊されたミスリルの大剣を拾うと、そのまま酒場を立ち去ろうとする。レイトの横を通り過ぎ、すれ違いざまに忠告する。

「まずいことをしたな……これからお前は狙われるぞ」

「えっ……」

「マリア様は狙った獲物は絶対に手に入れる……気をつけろよ」

それだけを告げ、ダイアはガルラを抱えたまま立ち去った。レイトがその後ろ姿を見送っていると、彼の脳内にアイリスの声が響き渡る。

『なかなかの役者さんですね、あのダイアという人。罠にはめられましたよ、レイトさん』

『えっ？』

『ガルラという人では、レイトさんを連れ出すことはできないと、最初からダイアは知っていましたよ。それで一芝居《ひとしばい》打って、ガルラを黒虎の冒険者ギルド内に呼び出し、レイトさんに喧嘩を仕掛けさせたんですよ。二人の性格を知り尽くしたダイアは、必ずガルラとレイトさんが問題を起こすと判断し、実際にレイトさんがガルラを返り討ちにした結果になりました。いくら相手側から暴行を加えたとはいえ、大剣を破壊したのは少しまずかったですね……貴重な武器を壊されたという証拠を残してしまいました』

『えっ⁉　だけど、俺は悪くないよね？』

『この場に存在するのは、黒虎の関係者だけですからね……事実はともかく、被害の証拠を相手が持ち去ったのが問題です。氷雨はこの都市最大の冒険者ギルドです。ダイアは今回の件を利用して、黒虎を本格的に潰すきっかけを得たと考えています』

『それ、まずいじゃんっ‼　なんで言わなかったの⁉』

アイリスの発言に、自分がどれほどまずい行動をしたのか知ったレイトは焦る。だが、アイリスは、今回の事件は大事にはならないと確信していた。

『だけど、今回は別に問題ないです。そもそもあの二人は大きな勘違《かんちが》いをしているんですよ。マリアがレイトさんを呼んだのは、別に勧誘のためではないんですから……きっとすぐにダイアもガルラも、彼女から罰を受けることになるでしょうね』

『えっ……？』

◆◆◆

数時間後、冒険者ギルド黒虎を、数人のお供を連れたマリアが訪れた。

そして、バルが不在であるにもかかわらず、マリアは勝手に応接室に行き、今回の事件を引き起こしたレイトとガルラを呼び寄せた。

ガルラは、さっきの態度はどうしたのか、レイトと顔を合わせると恐怖の表情を浮かべた。一方で、彼のそばには右頬を赤く腫《は》らせたダイアの姿があった。

レイトは、バルの代わりに同席してくれたマリーという受付嬢とともに彼らと向き合う。

室内は重苦しい雰囲気で包み込まれ、バルの不在のせいで自分が対処することになったマリーはすでに涙目だった。

レイトはマリアのそばに立っている冒険者達に視線を向ける。

そこには五人の男女が控えており、全員が氷雨に所属するAランクの冒険者達だと、レイトは聞いていた。年齢は十代後半から二十代前半。マリアが同行を許している時点で、彼らが氷雨を代表とする冒険者達なのが分かった。

「……ひとまず、今回の件でうちのギルドは事を荒立《あらだ》てるつもりはないわ。腐敗竜の件を片付ける前に問題事なんてご免よ」

「ほ、本当ですか⁉」

マリアの言葉に、マリーは歓喜《かんき》の表情を浮かべる。

だがレイトは、自分の側から問題を起こしたにもかかわらず、まるで被害者のような言い方をする彼女に眉をひそめた。そんな彼の心情に気づいたかのように、マリアは決まりが悪そうにダイアとガルラに視線を向ける。

「今回の件は、この二人の勝手な行動よ。私はただあなたと話がしたいと思っただけなのに、この二人が勘違いして問題を引き起こしてしまった……と言っても納得できないかしら？」

「はあ……正直、マリアさんが俺と会いたいという理由が分かりません」

「そうね……その理由をちゃんとこの二人にも話しておくべきだったわ。別に私はあなたを引き抜くために、呼び寄せようとしたわけではないの。その点は勘違いしないでほしいわ」

「どういうことですか？」

レイトはマリアの意外な発言に驚くが、彼女は何かをたしかめるように、レイトに視線を向け、そして一枚の手紙を差し出す。

レイトは不思議に思いながらも手紙を受け取った。そして、差出人の名前に視線を向け、目を見開く。

「アイラ……!?」

「その様子だと、やっぱりあなたは姉さんのことを知っているようね」

「姉さん!?」

手紙には、レイトの母親であるアイラの名前が書かれていた。

慌てて、レイトは手紙を開いて中身を確認する。そこには、母親の文字が記されており、その内容に目を通して、レイトは驚愕の事実を知る。

「え、これ……妹って……まさか!?」

「そうよ。アイラは私の姉に当たる人物なの……双子《ふたご》だけどね」

「ええっ!?」

「あ、あの……なんの話をしているのでしょうか？」

「あなた達は知らなくていいことよ。黙っていなさい」

「は、はいぃっ!!」

　マリアの言葉にレイトは驚愕し、二人のやりとりを見て興味深そうにしている部外者をマリアが睨みつけると、彼らは黙り込んだ。

「最初に会ったとき、あなたが私のことを母親と間違えた時点から気になっていたわ。私は『鑑定眼』の能力で、他人のステータスを覗くことができる……最初にあなたの名前を見たときに気づくべきだったわ。まさか姉さんの子供だったなんて……」

「で、でも、俺の母親は人間ですよ？」

「それは、別におかしな話ではないわ。私達は、母が森人族《エルフ》で父が人間だった。だから、森人族《エルフ》と人間の子供がそれぞれ生まれただけよ」

　アイリスが補足《ほそく》して説明してくれる。

『この世界では、ハーフは生まれないんですよ。両親が別種族の場合、生まれてくる子供は、必ずどちらかの種族になります』

　森人族《エルフ》であるマリアと、人間であるアイラが姉妹と言われてもレイトはどこか納得がいかなかったが、マリアとしても、姉の子供が別の冒険者ギルドにいるとは思いもよらなかったようだ。

　彼女はレイトに、可哀想な子供を見るような目を向ける。

「あなたのことは、姉から手紙でよく聞いていたわ。あの男のもとに生まれなければ、私がすぐに二人を保護していたのに……」

「あの……この手紙で、母さんは俺が屋敷から抜け出したことを記しているんですけど……その後はどうなったんですか？」

「やっぱり、お母さんのことが気になるかしら。でも、ごめんなさい……その手紙を最後に、私もアイラがどこにいるのか知らないの。連絡が途絶《とだ》えてもう四年も経過しているわ」

「四年……」

レイトは母親の所在《しょざい》が気になり、会話の途中にもかかわらずアイリスと交信を行う。

『アイリス‼』

『お母さんの行方《ゆくえ》ですね？　安心してください、前にも言いましたが、彼女は無事ですよ』

『そうか……そうだったな』

交信した瞬間にアイリスは待ち構えていたようにアイラの現状を伝え、ひとまずは母親が無事だったことにレイトは安堵するが、続けて告げられたアイリスの言葉に唖然とする。

『アイラは、国王がレイトさんの暗殺を命じたという話を聞いて、我慢できずに国王を殴り飛ばしました。それが原因で、現在は王都の有力貴族の屋敷で隔離されています』

『ええっ⁉』

『国王は、国を治める者としてレイトさんを処分しようとしたようですけど、アイラは我《わ》んが子を殺す人間と一緒にはいられないと、王城に乗り込んで公衆の面前で蛸殴《たこなぐ》りにしたんですよ。普通は死刑を免れない重罪ですけど、それでもまだアイラを愛している国王が、自分の信頼している貴族に彼女を任せたんです』

『何してるの、母上……』

『それほど、レイトさんを愛してるというわけですよ。良かったですね』

アイリスの説明にレイトは呆れながらも、自分のために父親を殴ってくれたというアイラの愛情を感じ――同時に現在の彼女がどうしているのかが気になって尋ねる。

『母上は今はどうしてる？』

『今は、ある貴族と一緒に暮らしています。表向きは隔離という形ですが、なんだかんだで匿《かくま》っている人達と一緒に元気に過ごしていますね。今でもレイトさんが生きているのを信じて、裏でレイトさんのことを捜《さが》していますよ』

『そうなのか……良かった』

『今は会うのは難しいでしょうけど、王都に向かう機会があれば手紙を出すのはどうですか？　アイラも喜びますよ、きっと』

『ありがとう』

珍しいアイリスの気遣《きづか》いに礼を言うと、レイトは冷静さを取り戻す。

マリアは姉の消息がつかめず不安そうだが、レイトからいろいろ伝えるのは不自然なため、何も話すことができない。

　レイトは重い空気に耐えきれず、マリアに尋ねる。

「あ、あの……母さんとは仲が良かったんですか？」

「そうね、良かったわよ。私のことは聞いたことがないの？」

「えっと……そういえば、妹がいると言っていたような……」

　それからマリアは、自分と姉の関係、そしてどのような経緯で別れてしまったのか話し出した。

「私と姉さんは元々、ヨツバ王国のハヅキ家という貴族家の生まれなの。姉さんのアイラという名前は、森人族《エルフ》の間では家を継ぐ者だけにつけられる由緒《ゆいしょ》正しいものなのよ」

「え？」

「だからこそ、アイラという名前はありふれているの。ありきたりな名前だと、姉さんは文句を言っていたけど、私としては良い名前で羨《うらや》ましかったわ」

　そこへ、ガルラが口を挟む。

「そんな‼　マリア様のほうが美しい名前ではないですか‼」

「どうしてあなたごときが、話に割り込んでくるのかしら？　立場をわきまえなさい」

「す、すみません……」

　レイトはガルラに少しだけ同情する一方で、マリアが自分のことをずいぶん気にかけていることを知る。

「あの……母さんが森人《エルフ》族の貴族ということは、俺も貴族の一員ということになるんですか？」

「いいえ、私と姉はすでに家を出ているわ。だからもう、実家には絶縁《ぜつえん》されているの」

「え？　どうして家を出たんですか？」

「理由はいろいろとあるけれど……そうね、一番分かりやすく言えばつまらなかったから、というのが理由かしら」

「つまらなかった……」

「私も姉も貴族には向いていなかった……それだけの話よ。そんなことよりも、家を出たあとの私と姉さんがどうなったのか、聞きたくないかしら？」

自分達が家を出た経緯をあまり話したくはないのか、マリアは話題を変更した。

そして、お付きの者達に冷たく告げる。

「あなた達は邪魔ね。さっさと出ていきなさい」

「「ええっ!?」」

「聞こえなかったのかしら？　私は出ていけと言ったのよ。私に、二度も同じことを言わせる気？」

「「は、はいっ!!」」

マリアが不機嫌そうに眉をひそめる。

すぐに部屋の中にいた者達はいなくなり、マリアとレイトだけになる。マリアは甥《おい》と二人きりになれたことに安心し、優しげな笑みを浮かべた。

「やっと落ち着いて話すことができるわね。それじゃあ、私と姉さん……それと、ほかの仲間達の出会いの物語を語ろうかしら」

◆　◆　◆

四十年前、双子の姉妹、人間のアイラと森人族《エルフ》マリアは、アトラス大森林で誕生した。

彼女達が生まれたのは、ミドリ家と双璧《そうへき》をなす貴族家、ハヅキ家である。

母親の名前もまたアイラだった。これはヨツバ王国の貴族や名家が、生まれた長女にその名をつける風習のためだ。

過去に、森人族《エルフ》の国家に滅亡《めつぼう》の危機が訪れた際、一人の女性の活躍によって危機を脱した。その女性の森人族《エルフ》の名前がアイラだった――というのが発端《ほったん》と言われている。

森人族《エルフ》は種族的に、女性比率が高い。生まれてくる子供のほとんどは女性なのだ。そのため、長女が家を継ぐことが多く、いつの間にかアイラという名前は、家を継ぐ者に与えられる名前に定まった。

森人族《エルフ》は六種族の中でもっとも長命《ちょうめい》で、寿命は三百から四百年。しかし、女性だけでは子孫《しそん》が残せないため、他種族の男性との交友を積極的《せっきょくてき》に行う。

森人族《エルフ》同士では、生まれてくる子供は女性が多くなる。他種族との間では、生まれてくる子供は男性が多い。なので、ヨツバ王国には、意外にも他種族が多く暮らしていた。

アイラとマリアの母親は森人族《エルフ》で、父親は人間だった。

アイラは人間として、マリアは森人族《エルフ》として生まれた。

最初に生まれた者が家を引き継ぐ風習があるため、アイラは人間でありながら、ハヅキ家の次期当主に指定された。

人間でも森人族《エルフ》の血を引き継ぐ者は長命で、さらに森人族《エルフ》には寿命を延《の》ばす薬の技術もある。アイラは生まれたときから、当主になるべく教育されていた。

「いいかい二人とも……この森の外の世界には、人間だけの国も存在する。お父さんはそこから来たんだ。人間の国には『冒険者』という、辛くて大変なときもあるけど、それでも楽しくて立派な仕事があるんだよ」

「ぼうけんしゃー？」

「ぼうけんって……何っ？」

しかし――父親であるカイルから「冒険者」という職業を教わったアイラは、いつしか自分も冒険者になりたいという願望を抱くようになり、それはマリアも一緒だった。

カイルは元冒険者で、自分が体験した出来事を交えて、彼女達に冒険者という職業の楽しさと危険を同時に教えていたのだ。


しかし、母親はそうではなかった。

「あなた達に、暇や退屈という時間はありません。しっかりと勉強し、立派な森人族《エルフ》になりなさい」

アイラとマリアは小さな頃から、母親によって貴族としての教育を叩き込まれた。

ほかの子供達が遊んでいる間も、二人は勉強や剣や弓の稽古《けいこ》を受けた。母親は顔を合わせるたびに、貴族としてのあり方を教えてきた。

その一方で、父親は甘やかしてくれた。

「今日もよく勉強や稽古を頑張ったね。それなら今日の夜も、お父さんの昔話を聞かせてあげようか？」

「うんっ‼」

「お父さんのお話、絵本より面白いっ‼」

カイルは、勉強の合間《あいま》に息抜きがてら、自分の冒険者時代の話を聞かせた。二人は、カイルに深い信頼と尊敬《そんけい》を抱いていた。

だが、そんなカイルが不慮《ふりょ》の事故に遭ってしまう。

それは、二人の十歳の誕生日のことだった。

その日、カイルは冒険者時代の伝手《つて》を利用し、冒険者達の多くがお守りとして身に付ける「銅の髪飾り」を二人にあげた。

二人は非常に喜んでいたが——母親は「銅」という価値が低い素材であることが気に食わず、強制的に二人から取り上げた。

「あなた達は貴族なんですよ‼　こんな安物の髪飾りなど付けてはなりませんっ‼」

「か、返してっ‼」

「お願い捨てないでっ‼　お父さんからの贈り物なのに……」

お守りを奪われた二人は泣いて、カイルに訴えた。

カイルは二人を優しくなだめ、そして自分が必ず取り返すと約束した。処分するよう言い渡されたという使用人に尋ねると、お守りの在処《ありか》が分かった。

屋敷で飼育している「甲殻獣《こうかくじゅう》」という魔獣の首飾りにしたらしい。

カイルは、その甲殻獣から二人の髪飾りを取り返すことにした。

甲殻獣は、生まれて間もない頃から森人族《エルフ》に育てられており、森人族《エルフ》は襲わないように調教されている。

しかし、人間は別だった。

甲殻獣は、不用意に接近してきたカイルにいきなり襲いかかった。甲殻獣の力は赤毛熊にも匹敵する。

カイルは呆気なく殺されてしまった。死体が回収されたとき、その手には二人の娘の髪飾りが握りしめられていたという。

この一件で、母親は娘達のせいで夫を失ったと考えた。そして、二人の娘は母親が原因で父親が死んだと考えた。

こうして親子の間に、深い溝《みぞ》が生まれた。

そのとき、姉のアイラは妹のマリアに言った。

「マリア……私達はここにはいられないわ。だから一緒に行きましょう……お父さんの国へ」

「えっ……？」


アイラとマリアが成人を迎えたとき、それが実現する。

二人は貴族の家を捨てて、アトラス大森林を去った。

そうして、バルトロス王国の冒険者として活動を始めたのだ。

「さあっ、これでやっと自由になれたわよ‼　これからは私達の力だけで生き延びるのよ、マリア‼」

「そ、そうね……だけど、本当に私達だけで生き残れるのかしら？」

「弱気になっちゃだめよ‼　私達はお父様のように立派な冒険者を目指すの‼」

アイラとマリアは、バルトロス王国にたどり着いて早々、冒険者となった。

職業としては、アイラは「戦士」と「格闘家」、マリアは「砲撃魔導士」と「精霊魔導士」を習得していた。

アイラが前線で活躍すればマリアは後方支援を担当し、二人は瞬く間に冒険都市で名を上げて冒険者としての階級を順調に上げていった。

「おい、お前らが最近噂になっている冒険者かい？　ちょうどいい、あたしと戦いな‼」

「誰よ、あなた……ゴリラ？」

「誰だか知らないけど、勝負なら受けて立つわ‼」

冒険者活動の二年目を迎えると、彼女達の名声を聞いたほかの冒険者が勝負を挑んでくるようになった。

その中に、バルの育ての親であるモジュがいた。

幾度となく決闘を繰り返したモジュとアイラは、いつの間にか冒険者集団《パーティ》を組んでいた。

あるとき、モジュが二人に言った。

「あんた達、気に入ったよ‼ うちの娘とも遊んでやってくれないかい？」

「娘⁉ あなた、娘がいるの⁉」

「別にそんなに驚くことじゃないだろ？ まだ剣もまともに握れないガキだけど、鍛えれば立派な剣士になるよ」

「へえ……どんな子かしら？」

「両親を吸血鬼《ヴァンパイア》に殺された可哀想な子だよ。あたしに何かあったら、あいつの面倒を見てくれないかい……なんてなっ‼ あたしが死ぬわけないかっ‼ がはははっ‼」

そう言ってモジュは、養子の娘の存在を明かした。モジュは短い間だが、アイラとマリアの仲間として行動をともにしたが――後に彼女はある事件に巻き込まれて死亡してしまう。

取り残された幼いバルは、モジュとの約束通りにマリアが引き取って育てようとしたが、バルは彼女の力を借りずに自立して生きていくことを選んだ。

「人の力は借りない‼ あたしは一人で生き抜いて、そんで母ちゃんと父ちゃんの仇《かたき》を討つんだ‼ それがモジュ母さんとの約束だっ‼」

「そう……なら、勝手にしなさい」

マリアはモジュの家で目元を赤くしたバルにそのように宣言され、彼女の意思を尊重《そんちょう》してその場を立ち去った。

それでも親友の娘を完全には見捨てられず、定期的に様子を見ていたが――バルは宣言通りに自分も冒険者として活動を行い、両親の仇であるゲインを討つために腕を磨《みが》き続けた。


アイラとマリアが冒険者稼業を始めてから、三年が経過した。

二人はついに、Sランクへの昇格《しょうかく》試験を受ける権利を得た。S級に昇格すれば、冒険者ギルドを設立する権利を与えられる。

二人は見事に試験を突破して、S級の称号を獲得《かくとく》した。

そして、当時の国王のバルトロス十二世が彼女達を王都に呼び寄せ、盛大《せいだい》な祝福《しゅくふく》パーティーを開催した。

「初めまして、と言っておこうかな……儂《わし》がバルトロス十二世じゃ」

「っ……初めまして、私はアイラと申します」

「妹のマリアです……」

最初に謁見したとき、二人はバルトロス十二世のオーラに怯《ひる》んでしまった。

竜種のような化け物と遭遇したときのことを思い出す二人。もっとも、バルトロス十二世は全身から醸《かも》し出すオーラとは裏腹《うらはら》に、人柄の良い人物だったが。

王は、新たなS級冒険者の誕生を祝って、王都中の貴族や将軍を呼び寄せていた。

「初めまして……国王の弟のシンジです」

「シンジ？　……少し変わったお名前ですね」

「かつて、この世界に召喚された勇者の名前をつけられました」

「へえっ……勇者の」

「姉さん？」

このとき、後にバルトロス十三世となるシンジと、アイラが邂逅《かいこう》した。

シンジは、バルトロス十二世であるカインの弟であったが、カインとは仲が良くなかった。世間では、彼は王位継承を逃した人物だと噂されていた。

父親のバルトロス十一世は双子として生まれた二人を、ことあるごとに競い合わせた。そのたびに兄のカインは、あらゆる分野で秀《ひい》でた能力を示した。一方、弟のシンジは人並み以上に優れてはいるが、兄には遠く及ばなかった。

幼い頃から、兄と比べられて肩身の狭い思いをしていたシンジ。父親のことが原因で、母親と溝を作り、妹とともにろくな愛情を受けなかったアイラ。

奇妙《きみょう》な共感を抱いた二人は、瞬く間に仲が良くなった。

後に、二人の間に生まれた息子の存在によって、二人の仲が引き裂かれることになるとは、この時点では誰も予想できなかった。

「まあ、いろいろあったけど……あなたのお母さんには、本当に苦労をかけられたわ」

「なんかすみません……母さん、そんな性格だったんですか？」

「結婚してからは、少しは落ち着いたのかもしれないけど……そういえば、あなたは何匹か魔獣を飼っているようね。姉さんもいろんな魔獣を飼ってたわよ。まあさすがに、サイクロプスにまで懐かれたことはないけど……」

「え、アインのことを知っているんですか？」

「私はこの都市の管理を任されている立場と言っても過言ではないわ。だから、大抵の情報は私のもとに集まってくるの」

◆
◆
◆

そこへ、アイリスから交信が入る。

『嘘ですよ。本当はレイトさんのことが気になって部下を使って調査していました。別に危害を加えるつもりはなさそうなので、私も黙ってましたけど』

レイトは、自分の事情を知りながらも受け入れてくれる人を見つけられたことに安心した。そして、マリアが本当にアイラの姉妹であると確信する。性格は違うが、母親と容姿《ようし》と雰囲気が似ているのだ。

マリアも、自分の甥であるレイトに笑みを浮かべる。

「あなたがバルのギルドに入ったことは気に食わないけど、仕方ないわね。だけど、気が変わってうちのギルドに入りたくなったらいつでも歓迎するわ」

「話は終わったかい？　それじゃあ、入らせてもらうよ」

会話の途中で、扉の向こう側からバルの声が響き渡り、彼女が部屋の中に入ってくる。

バルの手元には布で覆われた剣らしき物があった。

バルはレイトの目の前に移動すると、それを差し出す。

「ほら、こいつはあんたのだよ」

「え？　もう聖剣を修理したの⁉」

「いや、修理を引き受けてはくれたけど、打ち直すには時間がかかるらしくてね……その剣は修理が終わるまでの代用品さ。それにしても、まさかあんたがアイラさんの息子だとはね……国王の息子という話を聞いていた時点から、薄々感づいてはいたけどね」

「あなた……ずっと私達の話を聞いていたの？　あの子達……見張りさえまともにできないのかしら」

バルの言葉にマリアが呆れた表情を浮かべると、バルが答える。

「あいつらなら外で昼寝中だよ。おっと、別にあたしが手を出したわけじゃないよ？　後ろのこいつにちょっかいをかけて、気絶させられただけさ」

「ふんっ……ガキどもが」

「ギガン……あなたまで来たの？」

扉の外から牙竜のギルドマスターのギガンが現れた。レイトは、ゴンゾウよりも巨大な男性に驚いてしまった。彼の両手には、マリアの護衛を務める冒険者達がつかまれていた。

「ううっ……く、くそっ」

「すみません、マリア様……」

「おい、自分の部下の指導ぐらいしっかりとやれ。この程度の実力でAランクの階級を与えるな」

「はあっ……そうね、今度からは階級の条件を見直す必要がありそうね」

ギガンが冒険者達を放すと、マリアは不甲斐《ふがい》なさにため息を吐き出す。

レイトは包みに視線を向けていた。中身を開くと、銀色の柄の長剣が収められており、剣を引き抜くと鏡のような刃が露わになった。

バルに視線を向けると、彼女はソファに座ったまま説明する。

「そいつは反鏡剣《はんきょうけん》さ」

「反鏡剣？」

『魔物使いの屋敷の地下倉庫にあった扉を覚えていますか？　あの扉と同様に魔法をはね

返す素材で構成された長剣ですよ』

アイリスの説明が脳内に響き渡った。

レイトは、どうして自分にこの剣を渡したのか、バルに問おうとしたとき、ギガンが自分に視線を向けていることに気づく。

「お前がレイトか？」

「え、あ、はい……あの、どこかでお会いしました？」

「ゴンゾウから話はよく聞いている。人間なのに大剣を扱う変わった剣士だとな」

「おい、それだとあたしも変わっているという気かい？」

「別に悪口を言ったわけではないが……ふむ、少し試すか」

「えっ……うわっ⁉」

ギガンは突然、レイトに向けて手を伸ばす。とっさに後方に「跳躍」して壁際《かべぎわ》まで移動するレイト。

一瞬で移動したレイトを見て、ギガンは驚いた表情を浮かべる。

「な、なんですか、急に⁉」

「ほう……暗殺者顔負けの『跳躍』だな」

「そいつはあたしの弟子《でし》だよ。将来有望な冒険者なんだから、怪我を負わせるんじゃないよ」

「あなた、止めないの？」

「いい機会だからね。レイト、その男をぶっ飛ばしな‼　武器を使ってもいいよ‼」

「ええっ⁉」

「構わん。かかってこい」

唐突なバルの発言にレイトは驚愕するが、ギガンは遠慮するなとばかりに胸元を叩き、その光景にマリアは大きなため息を吐き出した。レイトが毒づく。

「……あとで覚えてろよ、バル。夜中に家に忍び込んで、靴の中にスライムを仕込んでやる」

「おい、やめなっ‼　あたしの足をぬめぬめにする気かい⁉」

「可愛い嫌がらせね」

「なんでもいい……来いっ」

ギガンが仁王立ちの状態でレイトを睨みつけてくる。

レイトは仕方なく受け取ったばかりの反鏡剣を握る。武器を使用しても構わないとバルは告げたが、ギガンは武具や防具の類《たぐい》を所持していない。

レイトは生身《なまみ》の相手に剣を使うのを躊躇《ちゅうちょ》したが、ギガンは胸元を拳で叩きつけて言う。

「余計な心配をするな‼　遠慮せずに来いっ‼」

「いや、でも……」

「いいから遠慮せずにやりな‼　巨人族《ジャイアント》の本場の『硬化《こうか》』の力をあんたも味わってみろ‼」

「ええっ……」

「レイト、この二人を説得するのは無理よ」

バルとギガンの発言に、レイトは助けを求めるようにマリアに視線を向けたが、彼女は苦笑しながら首を横に振り、二人の指示に従うように告げた。

レイトはため息をつきながらギガンと向き合った。そして反鏡剣に視線を向け、両手で握りしめる。

「長剣か……なんか久しぶりに扱うな」

「ん、長剣も使ったことがあるのかい？　てっきりあたしはあんたが大剣しか使ったことがないと思っていたけど……」

「森にいたときはよく使ってたよ。うん、なかなか使い心地がいい」

「その剣は魔法をはね返すことができるわ。値打ちにしたら、最低でも金貨三百枚はする品物ね」

「金貨三百枚……ということは三千万円⁉」

「えん……？」

予想外の反鏡剣の価値に、レイトは驚かされた。

ギガンは動く様子がない。レイトは巨人族《ジャイアント》の「硬化」という戦技を見定めるべく、試しに剣を振りかざす。

「はあっ‼」

「ぬるいっ‼」

正面から斬りかかったレイトに対し、ギガンは一瞬だけ肌の色を赤く変色させ、剣を掌《しょう》底《てい》で弾き返した。

剣が弾かれたことにレイトは驚くが、ギガンは手を構えたまま怒鳴りつける。

「なんだ今の攻撃は‼　俺に気を遣わずに攻撃しろと言ったはずだ‼」

「い、痛くないんですか？」

「ふんっ‼　その程度の攻撃では俺の肌を傷つけることもできん‼　全力で来いっ‼」

バルの「硬化」は筋肉を一か所に凝縮《ぎょうしゅく》して防御力を高める能力だったが、ギガンの「硬化」は肉体を変色させて全身の筋肉を硬直《こうちょく》させる能力らしい。

ギガンにはダメージがなかなか通らないと考え、レイトは補助魔法を発動させる。

「『身体強化』……それと重力……いや、この剣だと使えないじゃんっ⁉」

「……？」

「よく分からないけど……魔法剣でも使おうとしたのかい？　そいつは魔法をはね返すから魔法の力を付与《ふよ》させることはできないよ」

「どうした？　かかってこい‼」

バルの言う通り反鏡剣は魔法をはね返すため、得意とする「重力剣」は使用できなかった。

レイトは、「撃剣」と通常の戦技を組み合わせた「剛剣」を使うことにして、ギガンに接近して剣を振りかざす。

「『兜砕き』‼」

「ぬっ⁉」

ギガンの胴に向けて剣を振り下ろしたレイト。ギガンは、レイトの攻撃が大きく変化したことに気づく。ギガンは「硬化」を発動して、レイトの一撃を受け止めた。

ギガンから血飛沫《ちしぶき》が上がった。反鏡剣の刃が、ギガンの腕の皮膚を裂いたようだ。

「何っ……⁉」

「くっ⁉　なんて硬さ……」

「おいおい……嘘だろ？　ギガンの奴が斬られるなんて……」

「さすがは姉さんの息子ね、金剛《こんごう》と呼ばれた男を傷つけるなんて……」

ギガンが出血したことにバルは目を見開き、マリアは感心した声を上げる。レイトは反鏡剣を握りしめたまま、ギガンに視線を向けた。

ギガンは斬られた腕に目を向け、笑みを浮かべた。

そして、レイトに顔を向けて言う。

「まさかこの俺の肉体を傷つけるとは……見事だ。ゴンゾウが認めただけはあるな」

「はあ……ど、どうも」

「バル、お前が自慢していただけはある。こいつならAランクの階級を与えても問題はないぞ」

「それを決めるのはあたしだよ。まあ、いつの間にか、あたしの知らないうちに実力を身につけていたようだな……だけど、Aランクなんて易々《やすやす》と与えられる階級じゃないよ」

レイトの事情を知っているバルは、彼が有名になるのを避けるためギガンには誤魔化《ごまか》しておいた。

その後すぐに、レイトとギガンとの戦いは終了した。

「悪いが、そろそろ話し合いに戻らなくてはならん。レイトといったな……お前のことは覚えておこう」

「あなた達も出ていきなさい。帰ったらしっかりとお仕置きよ」

「「は、はい……」」

部屋の中にいたギルドマスター以外の冒険者は退室を命じられた。

全員が部屋を退室するのを確認すると、バルとマリアとギガンは腐敗竜の対策会議を再開した。

◆
◆
◆

退室したレイトは、通路に倒れている氷雨の冒険者達に気づく。無謀《むぼう》にもギガンに挑んで、気絶させられた者達らしい。

このまま放っておくのは可哀想だと思ったレイトは、彼らを壁に並べて回復魔法を施してあげた。

「大丈夫ですか？　意識はありますか？」

「ううっ……すまない」

「ありがとう……」

「いててっ……あの筋肉馬鹿め、少しは手加減しやがれ」

全員が意識を取り戻したようだ。彼らは感謝の言葉を告げると、マリアが戻ってくる前に通路を立ち去っていった。

しかし、一人だけ残り、黙ったままレイトを見つめる人物がいる。

「……おう」

「あれ、ダイアさん？　ダイアさんもここにいたの？」

「いててっ……もう少し優しくしてくれ」

黒虎で一番の実力者として認められていた彼も、ギガンにはまったく歯が立たなかったようだ。ダイアが申し訳なさそうに言う。

「助かったぜレイト……それと、さっきはお前をはめるような真似をして悪かったな」

「いえ、別に気にしてません。うん、別に気にしてませんよ……気にしてなんか」

「お、おう……そうか？」

レイトはあえて気にしていないという言葉を強調した。

元は黒虎の中でも一番の冒険者だったダイアがあっさりと氷雨に移籍したことに関しては、レイトとしても思うところがあった。悩んだものの、この際に尋ねてみることにした。

「ダイアさんはどうして氷雨に移籍したんですか？　黒虎の皆も驚いてましたよ」

「まあ、いろいろとな……それよりもお前、また活躍したんだろ？　腕を上げたのか？」

「えっと……まあ、一応？」

「そうか……ガキの成長は早いな」

ダイアは自分が黒虎を離れた理由を話さず、自分が抜けたあとに活躍しているレイトの話を聞き、そうして何か考えているふうであった。

それから、唐突にレイトに提案する。

「なあ、レイト……今から俺と訓練しないか？」

「訓練？」

「そうだ、冒険者になったばかりの頃は、俺かバルさんがお前の相手をしてやったろ？　久しぶりにお前の剣の腕を見せてくれよ」

「はあっ……いいですけど」

レイトは不思議に思ったものの――二人は訓練場としてよく利用していた裏庭へ向かった。

裏庭で、レイトは退魔刀を構え、ダイアは大剣を構える。

ダイアの職業は、「格闘家」と「剣士」。

普段のダイアは、武器を身に着けていなかった。その理由は、剣を使うまでもなく、大抵は素手で解決できたから。

だが、今回のダイアは訓練用に使っている大剣を持ち出し、レイトと向かい合っている。

「ちょうどいい機会だ。お前とは一度、本気で戦ってみたかったんだ。俺はバルさんのように甘くはないからな……全力で来い‼」

「……それは、本気で戦ってもいいってことですか？」

「当たり前だ‼　手を抜いたらぶっ殺すぞ‼」

ダイアの気迫《きはく》に、レイトは彼が本気で戦うつもりだと気づいた。レイトは退魔刀を構え、最初にギルドに訪れたときに受けた実技試験を思い出す。

あのときよりも剣の技量は上がっているはずだが、相手は元は黒虎のトップに立っていた冒険者であり、剣士としての腕前も一流の強敵である。決して油断できない相手に、レイトは退魔刀を強く握りしめて隙をうかがう。

「どうした？　来ないならこっちから行くぞ‼　『回転』‼」

「くっ⁉」

先ほど戦ったガルラと違い、初速から最大速度で大剣を振り回してきたダイアに、レイトは距離を取る。

しかし、ダイアは大剣を振り回しながら勢いを弱めずにレイトに接近してくる。

「どうした‼　避けるだけか⁉　この腰抜けがっ‼」

「っ……‼」

ガルラはベーゴマのように横回転しながら近づくことしかできなかったが、ダイアは大剣を自由自在に振り回し、横だけではなく斜《なな》めや上下にも軌道を変えてくる。

剣速は衰《おとろ》える気配もなく、着実にレイトを追い詰めていく。

距離を取ってダイアの体力が尽きるのを待つことも考えたが、体力切れで弱ったダイアを倒して自分は満足できるのかと思い――レイトは正面から挑む。

「『兜……砕き』‼」

「うおっ⁉」

先ほどのガルラとの対戦のように、レイトは勢いよく全力の一撃を繰り出す。二つの大剣の刃が衝突し、激しい金属音が鳴り響くのと同時に、二人の身体が弾かれた。

ダイアの大剣はガルラよりも遥《はる》かに速く、重く、何よりも強かった。

「ぐっ……なかなかやるじゃねえか」

「いつつっ……まだやるんですか？」

「当たり前だ‼　こんなんで満足できるはずがねえだろ……俺を超えるつもりで来い‼」

鬼気迫《ききせま》る表情を浮かべたダイアは大剣を構えると、再び「回転」の戦技を発動させる。

その姿を見てレイトは違和感を抱き、ダイアの目的に気づく。

（もしかして、ダイアさんは俺に……⁉）

決して手加減している様子はなく、実戦と同じ気迫で挑むダイアだが、その態度は一人の剣士というよりも、弟子の成長を促す師匠《ししょう》のような雰囲気を発していた。

レイトはダイアが自分に勝つつもりではなく、逆に自分を超えさせようとしているように見えた。

「どうした‼　立ち止まるな、剣を振れ‼　俺を……超えろ‼」

「っ……『回転』‼」

ダイアの気迫に負けぬようにレイトは退魔刀を握りしめながらその場で剣を振り回し、最大限にまで速度を加速させた一撃を繰り出す。

「おらぁあああっ‼」

「うおおおおっ‼」

二人の咆哮が裏庭に響き渡り、やがて先ほどよりも強烈な金属音が鳴り響き、刃が砕け散る音が響いた。


数分後、裏庭で地面に横たわるダイアと、それを見下《みお》ろすレイト。ダイアは満足げな表情を浮かべながら、自分が黒虎を辞《や》めた本当の理由を話す。

「レイト……俺はな、本当は近いうちに冒険者を辞めるつもりだったんだよ」

「えっ……」

「子供がな、もうすぐ生まれるんだ。それで、カミさんが冒険者なんて危険な仕事を辞めて、真っ当な職に就けってうるさくてな……だから、子供が生まれる前に、次の職業が決まるまでの金が必要になった」

「なら、どうして氷雨に？」

「氷雨の冒険者は、黒虎よりも報酬が高い仕事を受け放題だからな。それに、氷雨の冒険者なら依頼の最中に死亡したら、家族に保険金が支払われる仕組みなんだ……ガキが生まれる前に、俺は冒険者として金をがっぽりと稼いでおく必要があった。まあ、世話になったバルさんには申し訳なかったがな」

ダイアは寂しげに呟き、バルがいる会議室の窓に視線を向ける。彼の目に、一瞬だけ自分を見つめるバルの姿が見えたような気がしたが――すぐにレイトが、ダイアの顔を覗き込んで視線が途切れる。

「だから、氷雨に移動したんですか？」

「ああっ……まあ、心残りがあるとすれば、俺が抜けた穴をふさぐ奴を育てられなかったことだけだが……それも杞憂《きゆう》だったようだな」

「ダイアさん」

「レイト、お前に黒虎を支えろなんて言わない。だが、これだけは覚えておけよ……あの人を頼む。俺から言えることは、それだけだ」

自分を破り、名実ともに黒虎の最強の冒険者へ成長したレイトに、ダイアは笑いかけた。

そんな彼に、レイトは手を差し出して握手《あくしゅ》した。

◆

◆

◆

ダイアとの最後の訓練を終えてレイトが一階の酒場に戻ると、彼を心配していた仲間達が駆け寄る。真っ先に駆けつけてきたのはコトミンで、彼女の肩にはスラミンがいた。

「お帰りっ」

「ぷるぷるっ」

「だ、大丈夫だったのか⁉」

「さっき、ギガンさんとバルさんが戻ってきたが……」

「大丈夫、さっき会ってきたよ」

心配した様子で自分に駆け寄ってきたコトミン達に、レイトは何が起きたのか説明しようとしたとき――エリナがいなくなっていることに気づいた。

「あれ？　エリナはどこに行った？」

「今はウルと一緒に外にいる。さっき、ほかの森人族《エルフ》の人がやって来て何か話してた」

「ただいまっす‼　あ、良かった、レイトの兄貴、戻ってたんですね？」

「お帰り……それで何かあったの？」

「いや、別に大した話じゃないっすよ。ライコフさん……いや、ライコフを拘束するのに都合のいい場所を発見したという報告を受けてただけですよ」

「へえ……それでほかの人達は？」

「もう行っちゃいましたよ。あ、そうそう……これを兄貴に渡してほしいと頼まれていたっす」

エリナがレイトに、白色に光り輝く液体が入った水晶瓶を差し出す。レイトは不思議に思いながらも受け取ると、それを見たダインは驚愕の声を上げる。

「お、おい‼　それって聖水じゃないか⁉」

「聖水？」

「治療院が生産している回復薬のことだよ‼　だけど、希少品で高価な品物だから滅多に手に入らない代物なのに……」

「それは今回の件のお詫《わ》びとして兄貴に受け取ってほしいそうです」

「へえ……それは嬉しいな」

「ぷるぷるっ」

聖水を受け取ったレイトが収納魔法を発動しようとしたとき、コトミンの肩の上に乗っていた分裂体のスラミンが反応し、人間の腕のように触手を伸ばす。

コトミンはその意思を察して、両手にスラミンを乗せてレイトに差し出す。

「レイト、スラミンがその薬を欲しがってる」

「えっ……欲しがってるって、飲みたいってこと？」

「スライムは回復薬が好物だと聞いたことがあるが……」

「おいおい、まさか貴重な聖水を渡す気か？」

「マジっすか‼　兄貴、太っ腹っすね‼」

「いや、まだ何も言ってないけど……うわ、肩に移動してきた」

スラミンがコトミンからレイトの肩の上に移動し、聖水を自分に渡すように懇願《こんがん》する。

肩の上で自分の頬に擦り寄ってくるスラミンに、レイトは仕方なく水晶瓶の蓋を開け、中身を飲ませる。

「しょうがないな……少しだけだぞ？」

「ぷるぷるっ……」

「ものすごく震えてる……」

水晶瓶ごとスラミンの口の中に押し込み、半分ほど与えたところで瓶を取り出す。スラミンは体色が水色から若干白色に変化すると、コトミンの肩の上に戻る。

「ぷるぷるっ」

「レイト、愛してる」

「えっ⁉」

「この子がレイトのことを愛してるって……」

「あ、そういうことか……びっくりした」

紛らわしい言い方をしたコトミンに、レイトは驚いた。

彼は聖水の蓋を締めて、今度こそ収納魔法で異空間に回収を終えると、ひとまずは全員に応接室で起きた出来事を話すことにした。

「はあっ⁉　あの氷雨のギルドマスターの甥……⁉」

「ちょっ、声がでかいよ、ダイン‼」

「わ、悪い……だ、だけど本当なのか？」

「驚いたな……レイトがまさかマリアさんの甥だったとは」

「さっきの女の人……レイトの叔母《おば》さん？」

「マジっすか‼　氷雨のギルドマスターって、ものすごい有名人じゃないですか‼」

「だからお前ら声が大きいって……あんまり人に知られたくないんだからさ」

レイトがマリアの甥であることを聞いて、仲間達は驚いていた。レイトがマリアの甥であることを知られるのはまずいため、誰にも口外しないように厳重《げんじゅう》に注意する。

「レイト、さっきの女の人の冒険者ギルドに行くの？」

「いや、俺は黒虎の冒険者だよ。今さら叔母さんが働いているからって移籍はしないよ」

「もったいないな……自分の甥なら、あの氷雨のギルドマスターも優遇《ゆうぐう》してくれるんじゃないか？」

「どうだろうな……だけど、最初の頃と比べると優しくなったかな」

最初に対峙《たいじ》したとき、マリアはレイトが興味深い冒険者としか認識していなかった。が、彼が自分の姉の息子であることを知り、さらに彼のこれまでの経緯を聞いて非常に同情してくれたせいなのか、先ほどは優しく接してくれた。

レイトとしても久しぶりに母親に遭遇したような気分だった。性格は大きく違うのに、外見が似ているマリアと話していると、時折アイラと一緒にいる感覚に陥る。

『お仲間の皆さんと談笑《だんしょう》しているところ悪いんですけど、そろそろ雷属性の魔法を覚えませんか？』

「あ、忘れてた」

「え、急にどうしたんだレイト……？」

「あ、なんでもないよ」

脳内に響いたアイリスの言葉に、レイトは自分の目的を思い出した。

昨日、彼女から雷属性の魔法を覚えるように忠告されていたのだ。支援魔術師の彼が覚えられるのは、補助魔法と初級魔法だけなので、彼は目の前にいる仲間達に尋ねる。

「皆、この中に雷属性の初級魔法を覚えている人はいる？」

「雷属性ですか？　あたしは知らないっす」

「俺は『光球』しか使えない」

レイトの問いかけに、エリナとゴンゾウは首を横に振った。

「私は種族的に覚えられない……びりびりは苦手」

「ぷるぷるっ」

「スラミンも無理だって」

「んなもん言われんでも分かるわい」

コトミンの場合は、種族的に雷属性は覚えることができないようだ。

「ふっふっふっ……僕の出番だな」

「しょうがない、諦めるか……」

「なんでだよっ!?　僕が使えるって言ってるだろ!?」

自慢げなダイン曰《いわ》く、闇魔導士は影魔法以外の魔法でも、初級魔法程度ならば扱えるらしい。

アイリスが解説してくれる。

『支援魔導士が補助魔法しか扱えないように、闇魔導士は影魔法しか扱えません。ですが、初級魔法はすべての人が扱えますから、ダインも使用できるんですよ。まあ、種族によっては属性の相性が関わるので、コトミンさんのように使えない方もいますけど』

交信を終えてから、レイトはダインに頼む。

「なるほど……なら悪いけどダイン、今ここで魔法を見せてくれないかな？　そうすれば、俺も覚えると思うし……」

「覚える……？　いやいや、いくら初級魔法でもそんなに簡単に覚えられるものじゃないぞ？」

「いいからいいから……ほら、早く」

「わ、分かったよ。よく見ておけよ……これが僕の力だっ!!」

ダインはそう叫ぶと、右手を突き出した。そして、左手で右手首を押さえながら意識を集中させる。

彼の身体から汗が噴き出す。

全員が息を呑むが……レイトは最初にアリアから初級魔法を見せてもらったときのことを思い出し、嫌な予感が覚える。

「『電撃』ぃっ!!」

「「「おおっ……えっ？」」」

掛け声とともに、ダインの手から一瞬だけ電流が迸った。

全員が声を上げるが、電流は一瞬で消散してしまう。

魔法を発動したダインはその場に膝を崩し、息を荒らげながらレイトの顔を見て引きつった笑みを浮かべる。

「こ、これが『電撃』の初級魔法だ……すごいだろ？　この程度の魔法なのに、滅茶苦茶《めちゃくちゃ》疲れるんだぞ……」

「うん……ある意味すごいね」

「しょぼいっすね……」

「魔法というよりは、静電気……？」

「うむ……雷属性を扱えるとは、ダインはすごいな」

ダインの初級魔法に対して、エリナとコトミンは呆れるが、ゴンゾウは感心したように頷いていた。

レイトは魔法の分析をしつつ、ダインの真似をして手に意識を集中させる。

「こんな感じかな……『電撃』」

「えっ⁉」

そばの椅子に座ったダインの目の前で、レイトは手を構え、彼が先ほど使用した「電撃」を発動する。

レイトの右手に電流が迸った。

一度見ただけで魔法を習得したこともすごいが、レイトが生み出した電流は手全体に迸り、さらに電流を維持した状態で自由に手を動かせている。

「へえ……これは便利そうだね。電流マッサージとかもできそう」

「お、お、お前⁉　な、なんで電撃が使えるんだよ⁉　まさか本当に僕のを見て覚えたのか？」

「え？　なんでそんなに驚くの？　初級魔法は生活魔法って言われてるくらいだし、誰でも扱えるんじゃ……」

ダインの反応に、レイトは疑問を抱くが、すぐにアイリスの説明が入る。

『たしかに初級魔法は、一般人でも覚えることはできますよ。だからと言って、レイトさんみたいに一目見ただけで扱える人なんていませんよ』

初級魔法と言っても、普通ならば訓練が必要である。レイトが魔法を簡単に習得できたのは、六種族の中でもっとも魔法を得意とする森人族《エルフ》の血が流れていることも関係しているが、本人はその事実に気づいていない。

〈初級魔法「電撃」を習得しました〉

「お、ちゃんと覚えられた。だけどこの魔法は身体から電流が迸るだけで雷みたいに撃ち出せないのか……残念だな」

『分かりやすく言えば、スタンガンのように電流を身体から放出できる魔法ということですね。それじゃあ、さっそくですが電撃の魔法を極めてください。今回は熟練度が限界値に到達するまで頑張りましょう』

電撃の魔法を覚えて早々にアイリスの指示が脳内に響き渡る。死霊使い《ネクロマンサー》が腐敗竜を冒険都市に送り込むまでに、彼は「電撃」の魔法を極める必要があった。

『アイリッシュ』

『私はお酒のカクテルですか。どうしました？』

『電撃を覚えたのはいいけどさ、熟練度を最大値まで上昇させる理由がよく分からないんだけど……俺に聖剣を使わせる気なの？　だけど今のレベルだと使えないんでしょ？』

『そうですね。普通に考えれば無事に聖剣が修復されたとしても、現在のレイトさんでは使えませんね』

カラドボルグはバルが知人の小髭族《ドワーフ》に頼んで現在修復中であり、仮に修理が完了したとしてもすべての聖剣には「レベル制限」という枷が施されている。

聖剣の真の力はレベルが70を下回る人間には引き出せないように細工を施されている以上、現在のレベルが48のレイトでは扱えない。

『レベルが足りないと聖剣が扱えないのに、どうして急いで雷属性の魔法の熟練度を上げないといけないの？』

『単純にレイトさんが強くなる必要があります。この能力を極めればきっと大きな力になります。仮に聖剣を扱えないとしても、腐敗竜との戦闘では使用する機会が訪れますよ』

『そうなの？』

『腐敗竜が誕生したことで、草原にはアンデッドと呼ばれる死霊系の魔物が発生しています。簡単に言えば魔物のゾンビですね』

『なんでっ⁉』

『腐敗竜から放たれる瘴気《しょうき》の影響で魔物の死骸が蘇り、生ける屍《しかばね》と化しています。このアンデッドを利用して、死霊使い《ネクロマンサー》はアンデッドの軍勢を作り出そうとしています。だから都市に襲撃を仕掛けられた際には腐敗竜だけではなく、アンデッドの軍勢とも戦わなければなりません』

『そういうことは早く言ってよ‼』

『いや、そこは本当にすみませんね。この死霊使い《ネクロマンサー》、意外と人脈があったようで自分以外の死霊使い《ネクロマンサー》の職業の人間と結託《けったく》してアンデッドを操ろうとしています。今のところは日の光が当たらない場所に腐敗竜とアンデッドの群れを避難させています』

アイリスの説明にレイトは頭を悩ませる。彼女の予想では、数日以内に冒険都市に腐敗竜とアンデッドの軍勢が襲撃を仕掛けるらしく、その前にレイト自身が強くなる必要があるという。彼が覚えた「電撃」の魔法は初級魔法の中でも特別な能力であり、レイトとはもっとも相性が良い魔法とのことだった。

『そういうわけで、腐敗竜とアンデッドが到達する前にレイトさんも強くなる必要があります。だから今のうちにレベル上げも兼《か》ねて魔物と戦闘を行いましょう』

『だけど、今は冒険都市は封鎖されているんだけど……』

『大丈夫です。狩猟祭のために集められた魔物を利用しましょう。祭りが中止になったことで集めた魔物の飼育に苦労している魔物使いから、熟練度の上昇に都合のいい魔物を購入してください』

在する。


　現在の冒険都市には狩猟祭のために世界各地から魔物使いの職業を持つ人間が訪れており、彼らの中には、アインのように大きな力を持つ魔人族《デーモン》や魔獣を使役している人間も存在する。

　アイリスは現在のレイトの雷属性の魔法の熟練度を上昇させる手頃な相手を探し出し、居場所を伝える。


『今のレイトさんの相手として妥当《だとう》なのは、ガーゴイルですね。魔物使いの場所を教えますので、移動してください』

　レイトは交信を終えると立ち上がり、仲間達に用事ができたこと、冒険者ギルドから立ち去ることを告げる。


「ちょっと野暮用《やぼよう》を思い出したから出かけてくる。皆はどうする？」

「俺はここに残る」

「僕もここにいるよ。どうせ逃げられないだろうし……」

「あたしは護衛なんでレイトさんについていきますよ」

「私もレイトと一緒が良い」

「ぷるぷるっ」

　ゴンゾウとダインはギルドに残り、コトミンとエリナは同行するという。レイトは二人を連れて、屋外《おくがい》に待機していたウルとともにその場をあとにした。

　ウルを先頭にして通りを歩いていると、エリナが尋ねてくる。

「どこに行くんですか、兄貴？」

「その兄貴という呼び方は定着したのか……ちょっと『電撃』の魔法の熟練度を上げたいから、狩猟祭のために集まった魔物使いを探すんだよ」

「ぷるぷるっ……」

「スラミンが怖がってる……雷属性の魔法はびりびりするからちょっと苦手だって」

　コトミンがスラミンの言葉を通訳してくれる。

「スライムは電気が苦手なのか……ん？　どうしたウル？」

「ウォンッ‼」

　レイトに何かを伝えるように、ウルは目配《めくば》せしていた。ウルの意図を察したレイトは、自分達のあとを尾行する存在がいることに気づく。

「兄貴、さっきから誰か尾行してますよ」

「え、エリナも気づいていたの？」

「あたし実は、狩人《かりゅうど》以外に暗殺者の職業も持ってるんです。あの建物を出たあたりから、誰かがつけてますね」

「そういうことは早く言うべきだと思う」

「ぷるぷるっ」

「す、すみません。だけど、敵意を抱いている様子はないですよ」

「そうなのか……」

エリナの言葉にレイトは考え込み、ひとまずアイリスに尋ねることにした。

『アイリスたん』

『その呼び方はやめてください。背筋《せすじ》がぞわっとしましたよ……尾行してるのは、氷雨に所属している暗殺者の職業の方のようですね。マリアに指示され、レイトさんにちょっかいかける人間がいないか、見張っているみたいです』

『マリアさん……いや、叔母《おば》さんが』

『それ、絶対に本人の前で言わないでくださいね。マリアは森人族《エルフ》の中では十分若いんですから』

『それで、どうすればいい？』

『放置でいいんじゃないですか？　害はないですし』

『投げやりだな……まあ、いいか』

どちらにしても、尾行者はレイトと敵対する気はないようだ。むしろ、レイトを守るために配備《はいび》されているらしい。

レイトはあえて無視して、先に進むことにした。

「それにしても、全然気づかなかったな……あれ、もしかして気づいてなかったの、俺だけ？」

「ぷるぷるっ」

「落ち込むな、だって」

「スラミンに慰《なぐさ》められた……くそうっ」

「クゥ～ンッ」

ちなみに、コトミンとスラミンは人よりも感覚が優れているから気づいたようだ。レイトはため息をつきつつ、コトミンの肩の上に乗るスラミンの分体を持ち上げる。

「これからはお前を連れていく。名前はスラミンβ《ベータ》にしよう」

「ぷるぷるっ」

「嬉しいけど、その名前は嫌だと言ってる」

通訳してくれるコトミンに、レイトは別の名を言う。

「なら、ホネミンにしよう」

「え、なんでですか？　骨の要素ないですよね、スライムって……」

「言われてみればそうだな……しょうがない。ここは、アインの名前をつけるときに迷ったヒトミンという名前を与えよう」

こうして分体に新しい名前を与えたレイトは、尾行者対策のため、分体のヒトミンを肩の上に乗せた。

分体なので本体と比べると小さい。コトミンの服に擬態している本体の大きさがバスケットボールだとすると、ヒトミンは野球ボールほどだった。

ヒトミンは、レイトの肩の上で嬉しそうに震えている。

「落ちないように気をつけろよ……誰か近づいてきたら教えてね」

「ぷるるんっ」

「了解しましたマイマスター、と言ってる」

「なんで本体と口調が違うんだよ！　ところでウルはいつ気づいたの？」

「ウォンッ‼」

「ずいぶん前から、俺も気づいてると思ってた？　そういうことは早く言いなさい。まったくもう……いや、俺も気を抜きすぎてたかな」

『しょうがないですよ。この中ではレイトさんだけが人間なんですから』

人間は他種族に比べてあらゆる能力が低く、特に五感は森人族《エルフ》や人魚族に大きく劣る。

幼少の頃から鍛えているレイトの五感は人間にしては鋭いが、それでも他種族の足元にも及ばなかった。

以前吸血鬼《ヴァンパイア》のゲインと対決したときも、相手の位置がつかめずに翻弄《ほんろう》された。「心眼」

のようなスキルを発動しなければ、腕利きの暗殺者には対応できないのだ。

「『気配感知』と『心眼』以外に、敵の位置を把握するスキルってないかな……」

「あ、それなら『魔力感知』というのがありますよ、兄貴」

レイトの呟きに、エリナが反応する。彼女の告げた「魔力感知」についてレイトが尋ねる前に、アイリスが説明してくれる。

『魔術師が、特定の条件下で覚えるスキルです。習得条件がかなり厳しいというのもあって、覚えてる人は滅多にいませんね。レイトさんにも教えようとしたんですけど、「心眼」のように習得が難しいので、ほかのスキルの習得を優先させていました』

アイリスの説明で、「心眼」習得のために費《つい》やした過酷な日々を思い出す。そうしてうんざりしつつもやはり気になるので、レイトはエリナに尋ねることにした。

「どんなスキル？」

「名前の通り、魔力を感知する能力っす。一流の暗殺者でも、自分の魔力を消すことはできないですからね。だけど、魔術師の職業の方しか覚えられない能力なので、あたしも使うことはできないっす」

「私も覚えていない」

エリナに続いて、聞いてもいないのにコトミンが答えた。

「だろうね。でも魔術師が覚えられるなら、俺でも覚えられるかな……あとで訓練の方法教えろよ」

レイトがアイリスに向けてそう言うと、彼女は即座に反応する。

『はいはい、分かりましたよ。そろそろ年齢的に、レイトさんもスキルを覚えるのが難しくなりますからね』

スキルを覚えやすい時期は、生まれてすぐから十五歳までと言われている。以降は、訓練にいくら時間を費やしても、スキルを覚えづらくなるのだ。

すでにレイトは八十に近いスキルを習得しているが、まだ一年の猶予がある。彼は限界までスキルを覚えるつもりだった。

◆◆◆

マリアの命令で、レイト達を尾行する者がいる。

建物の屋根に上り、注意深く様子をうかがう彼の名前は、シノビ・カゲマル。氷雨に属する冒険者で、もっともマリアから信頼が厚《あつ》い人物である。彼は、暗殺者よりも希少な「忍《しのび》」という職業だった。

「この俺の存在に気づいたか……あのエリナという女、侮《あなど》れないな」

尾行に気づかれていることを知りながらも、シノビは追跡《ついせき》を中断せず、一定の距離を開けてあとを追う。

彼がマリアから受けた命令は、レイトの身辺警護《けいご》。

怪しい人物がレイトに近づく気配はないが、シノビは先ほどから違和感を抱いていた。

（……何者だ？）

尾行の間、シノビは何者かの気配を微《かす》かに感じ続けていた。何度か、周囲の状況を確認するが、怪しい影は見当たらない。

しかし、忍としての勘《かん》が働く。

（怪しい点はない。だがなぜだ？　どうして俺は不安を抱いている……）

シノビは、自分が何を恐れているのか理解できずにいた。

一つだけ言えることは、今の不安はレイトの尾行を開始してからはっきりと感じ取れること。彼はとっさに背後を振り返る。

「……気のせいか？」

シノビの視線の先には誰もいない。

彼が仕方なく尾行を再開しようとしたとき、シノビはほんの一瞬だけ、視界の端《はし》に緑色の光の球体がよぎった気がした。

「っ……!?」

シノビは腰の短刀を握るが——何もない。ただの目の錯覚《さっかく》とシノビは考えたが、どうにも嫌な予感を覚える。

（……今回の任務、思った以上に難航するかもしれんな）

シノビは気を引きしめ、尾行を続ける。何者かは知らないが、相手が動くまでレイトの護衛に集中することにした。

そんな彼の様子を、建物の煙突の陰から確認する人物がいた。

彼女は手元に先ほどの光の球体を呼び寄せ、シノビのあとに続くように尾行を開始した。

あとがき

この度は、文庫版『不遇職とバカにされましたが、実際はそれほど悪くありません？ 3』をご購入いただき、誠にありがとうございます。作者のカタナヅキです。今巻から遂《つい》に主人公レイトと行動を共にするヒロインが出てきました。

前巻でも少しだけ登場したコトミンですが、彼女は最初からヒロインにする予定でした。しかし、レイトの生まれた境遇を考えると物語の序盤《じょばん》では出しにくかったため、前巻でようやく初のお目見えとなりました。Ｗｅｂ版では、もっと後で登場してたりします。

レイトを支える存在としてのヒロインは回復魔法を使える女の子に決めていましたが、それだけでは物足りないと思って人魚族という設定にしました。

彼女のほかにもヒロイン役はいますが、そちらは大分出番が遅れそうです。

ヒロイン役以外のキャラといえば、エルフのお姫様のティナがいますが、彼女は元々、物語の本筋に深く影響を与える役割にするつもりはありませんでした。ところが、書いているうちにもっと出番を増やしたくなり、思い切って物語に関わる人物にしました。

ヒロインのコトミンの登場により、レイトはウル以外の者達と行動を共にする機会が増えていきます。そうした中で、今までは目立たずに過ごそうとしてきたレイトの平穏《へいおん》を脅《おびや》かす存在が徐々に明かされていきます。

ちなみにレイトの回復魔法とコトミンの回復魔法は性能面が大きく違います。

まずレイトの場合は、自分の魔力を消費することで効果を発揮します。そのため、致命《ちめい》傷《しょう》を癒す場合は相当な魔力を消耗し、怪我が深いほど完治《かんち》まで時間がかかります。

その一方、コトミンは綺麗な水さえあれば大抵の怪我を一瞬で治せます。逆に言えば、水がなければ彼女は回復魔法を扱えないので、必ずしも主人公より優れた回復魔法の使い手とは言い切れません。この世界の魔法は決して万能ではなく、発動条件がいろいろ異なっています。読んでいて面倒くさい……と思われたら申し訳ございません（汗）。

また、ティナの護衛役を務めるエリナは作者のお気に入りです。彼女はレイトどころか彼の母親のアイラや叔母のマリアよりもずっと年上だったりします。

大物感を出しているマリアですが、エルフの基準《きじゅん》では彼女はまだまだ子供です。けれどもエルフの世界は実力主義なので、若い者でも確かな実力を持つ存在は一目置かれます。

いろいろと女の子キャラを中心に取り留めもなく語りましたが、今回はこの辺までにします。それでは次巻でも、また皆様にお会いできれば幸いです。

二〇二三年十月　カタナヅキ

「銀座編」大好評発売中！
累計680万部（電子含む）突破！
ゲートSEASON1～2
大好評発売中！
コミックス
最新23巻
大好評発売中！
SEASON1　陸自編
単行本
●本編1～5／外伝1～4／外伝+
●各定価：本体1,870円（10％税込）
文庫
●本編1～5〈各上・下〉／
外伝1～4〈各上・下〉／外伝+〈上・下〉
●各定価：本体660円（10％税込）
漫画
漫画：竿尾悟
●1～23（以下、続刊）
●各定価：本体770円（10％税込）
SEASON2　海自編
単行本
●本編1～5
●各定価：本体1,870円（10％税込）
文庫
最新5巻
〈上・下〉
大好評発売中！
●本編1～5〈各上・下〉
●各定価：本体660円（10％税込）

大ヒット
異世界×自衛隊
ファンタジー
ゲート0《ゼロ》
GATE:ZERO
自衛隊
銀座にて、
斯く戦えり
〈前編〉
〈後編〉
柳内たくみ
Yanai Takumi
ゲート始まりの物語
「銀座事件」が小説化!
20XX年、8月某日——東京銀座に突如『門(ゲート)』が現れた。中からなだれ込んできたのは、醜悪な怪異と謎の軍勢。彼らは奇声と雄叫びを上げながら、人々を殺戮しはじめる。この事態に、政府も警察もマスコミも、誰もがなすすべもなく混乱するばかりだった。ただ、一人を除いて——これは、たまたま現場に居合わせたオタク自衛官が、たまたま人々を救い出し、たまたま英雄になっちゃうまでを描いた、7日間の壮絶な物語——
●各定価:1,870円(10%税込)
●Illustration:Daisuke Izuka
650万部!
自衛隊、
ついに状況開始!!

ネットで人気爆発作品が続々文庫化！

アルファライト文庫 大好評発売中!!

俺を勇者召喚した国は怪しさ満点だし、
『収納』だけの
出来損ない勇者になったし……
よし、逃げよう

『収納』は
異世界最強です 1〜3
正直すまんかったと思ってる

1〜3巻 好評発売中!

農民 *Noumin*　　illustration おっweee

勇者のスキルや結界まで収納!?
誰も気づいてないけど『収納』は自由自在!

少年少女四人と共に、異世界に勇者召喚された青年、安堂彰人。彼は勇者であれば『収納』以外にもう一つ持っている筈の固有スキルを、何故か持っていなかった。このままでは、出来損ない勇者として処分されてしまう――そう考えた彼は、王女と交渉しつつ、脱出の準備を進めていくのだった。ありがちな収納スキルが大活躍!?　異世界逃走ファンタジー、待望の文庫化!

文庫判　各定価：671円（10%税込）

アルファライト文庫

この作品に対する皆様のご意見・ご感想をお待ちしております。

おハガキ・お手紙は以下の宛先にお送りください。

【宛先】

〒 150-6008 東京都渋谷区恵比寿 4-20-3 恵比寿ガーデンプレイスタワー 8F
(株) アルファポリス　書籍感想係

メールフォームでのご意見・ご感想は右のＱＲコードから、
あるいは以下のワードで検索をかけてください。

アルファポリス　書籍の感想　検索

ご感想はこちらから

本書は、2019 年 12 月当社より単行本として
刊行されたものを文庫化したものです。

不遇職《ふぐうしょく》とバカにされましたが、実際《じっさい》はそれほど悪《わる》くありません？ 3

カタナヅキ

2023年 10月 31日初版発行

文庫編集－中野大樹／宮田可南子
編集長－太田鉄平
発行者－梶本雄介
発行所－株式会社アルファポリス
〒150-6008東京都渋谷区恵比寿4-20-3恵比寿ガーデンプレイスタワー8F
TEL 03-6277-1601（営業） 03-6277-1602（編集）
URL https://www.alphapolis.co.jp/
発売元－株式会社星雲社（共同出版社・流通責任出版社）
〒112-0005東京都文京区水道1-3-30
TEL 03-3868-3275
装丁・本文イラスト－しゅがお
文庫デザイン—AFTERGLOW
（レーベルフォーマットデザイン－ansyyqdesign）
印刷－中央精版印刷株式会社

価格はカバーに表示されてあります。

落丁乱丁の場合はアルファポリスまでご連絡ください。

送料は小社負担でお取り替えします。


ISBN978-4-434-32783-4 C0193